ERIKA PLUHAR ER

Er rannte abwärts, zu seinem Auto zurück, das er auf dem großen Parkplatz bei der städtischen Badeanstalt abgestellt hatte. Er wußte nicht recht, warum er dann doch nicht zum Schwimmen gegangen, sondern in die umliegenden Waldungen und Weingärten hochgestiegen war. Genauso, wie er jetzt nicht wußte, warum er den Pfad zurücklief, als wäre ihm jemand auf den Fersen. Vielleicht war es auch so, vielleicht war ihm jemand auf den Fersen. Sein absehbarer Tod. Nichts Neues für ihn, es lag zwei Wochen zurück, da hatte er diesen trostlosen Befund erhalten. Aber er lebte immer noch und pflegte nicht ständig herumzulaufen wie gejagt. Warum also heute?

Jogger keuchten an ihm vorbei, den Weg hinauf. Sie musterten mit kurzen, erschöpften Blikken den Mann, der ohne die übliche sportliche Ausrüstung und ohne zu schwitzen an ihnen vorbeilief, mit großen Schritten abwärts sprang, sich ab und zu mit einer Hand an Baumstämmen abfedernd und den Blick auf den steinigen Pfad geheftet. Emil sah, wie die Steine unter seinen Füßen zurückblieben, sich hinter ihm verloren, er sah die Vielfalt von Gestein in dieser von Ausflüglern begangenen Waldgegend, nahe der Stadt, sah sie, als würde er Steinwüsten durchqueren.

Birken begleiteten den Weg, die fasrige, weiße Rinde fühlte sich warm an. Er wich den Bäumen geschmeidig aus und hielt sich nur ab und zu kurz an einem von ihnen fest, um die Geschwindigkeit seines Laufs zu bremsen. Was seinen gesenkten Blick jedoch gefangenhielt, war die Musterung des Gesteins, Korrosionen im felsigen Erdreich, Kiesel, die neben seinen Schuhen zur Seite sprangen, feiner Sand aus zermalmtem Stein, der unter seinen Sohlen knirschte. Er wäre wohl mehrmals ausgeglitten, wenn er sich nicht elastisch bewegen würde, nach wie vor. Wenn er nicht nach wie vor seinen Körper beherrschte. Darauf war er immer stolz gewesen, auf seine Körperbeherrschung, der jede Anstrengung fremd zu sein schien. Sein Körper hatte ihm immer mühelos gehorcht. Und jetzt das, dieses Entgleiten.

Er war fassungslos gewesen, als er vom Ausmaß der Krankheit erfuhr. Ja, vor allem fassungslos. Daß sein Körper das Eigenleben gefräßiger Zellen in sich zuließ, erschien ihm als Beleidigung. Sein Körper, schlank, gut gewachsen, seit der Kindheit sportlich gestählt, verläßlich, nie krank, kaum zu ermüden, war fünfzig Jahre lang die Basis seines Vertrauens in sich selbst gewesen. Er hatte in ihm gewohnt und gelebt und ihn geliebt. Er würde ihm nie einen Streich spielen, nie von sich reden machen, ihn stets als Freund begleiten, dessen war er sich sicher gewesen. Er konnte ihn einsetzen, wo immer er wollte, und erntete niemals seinen Widerspruch. Ob bei sportlichen Höchstleistungen oder in der Liebe, nie hatte sein Körper ihn enttäuscht oder im Stich gelassen, und er hatte sich immer wohl gefühlt in diesem Männerkörper. Ja, er war immer gern der Mann in diesem und mit diesem Körper gewesen, er war stolz auf ihn. Er sah gut aus, sein Körper. Nicht, daß Emil sein Gesicht je häßlich gefunden hätte, aber auf sein Gesicht war er weniger stolz. Er beachtete es weniger. Nur flüchtig, beim Rasieren und wenn er sich vor dem Spiegel die Krawatte band, sah er es vor sich. Die kräftige Nase, die hellgrauen Augen, ein kleiner, aber, wie zu passender Gelegenheit behauptet wurde, dennoch sinnlicher Mund, ein typisches, unaufwendiges Männergesicht eben, er war damit zufrieden. Aber seinen Körper hatte er immer gern angesehen, beim Duschen oder Sonnen, nackt und auch im Sportdreß oder in der Badehose. Das Zusammenspiel der gut entwickelten Muskeln, die erstaunlich weiche und gepflegte Haut, kein Gramm Fett zuviel, keine Anzeichen von Alter, auch als er die Vierzig hinter sich gelassen hatte. Auch als er fünfzig geworden war. Und dann, nach diesem Geburtstag, etwa einen Monat danach, Beleidigung und Verrat. Sein Körper hatte sich selbständig gemacht, ihn verlassen, war plötzlich nicht mehr sein Körper, der, den er ein Leben lang besessen hatte. Jetzt besaß dieser Körper ihn, irgendein Mensch namens Emil Windhacker lebte noch in diesem Körper, er konnte weder aus ihm fliehen noch ihm weiterhin vertrauen. Er konnte ihn nur noch schonungslos benutzen, so wie jetzt, über Steine und Geröll hinweg abwärts laufend, die gesamte Muskulatur herausfordernd, sich um kein Krankheitsbild kümmernd, die fernen Ansätze von Schmerz negierend, und in tiefen Zügen aus- und einatmend.

Emil mußte zur Seite springen, als ein junges Paar mit Mountainbikes sich den Pfad hinauf quälte. Beide trugen Helme und Brillen und grellfarbige synthetische Trikots, der kurze Blick, mit dem er sie wahrnahm, ließ den Eindruck zurück, als wären ihm Rieseninsekten oder Bewohner eines anderen Sterns über den Weg gelaufen. Er federte nach seinem Sprung zwischen die Bäume locker aus der Hocke hoch und lief durch das Birkenwäldchen weiter, ohne von Ästen geritzt oder verletzt zu werden. Ihm war einen Augenblick lang so, als würde er durch die Birken tanzen. Dann kehrte er in einem Bogen wieder auf den Pfad zurück, der nun abschüssiger wurde. Auch das

Gestein schien scharfkantiger, von Regenbächen ausgewaschen zu sein, sein rechter Fuß kippte zur Seite. Er fing sich rasch wieder und hielt sich am Stamm einer jungen Erle fest, die den Birkensaum verlassen und sich zur Mitte des Pfades hin im steinigen Erdreich festgekrallt hatte. Im Schwung, es mit nur einer Hand umfassend, wollte er das Bäumchen umrunden, um dann weiter abwärts zu laufen, aber ehe er den dünnen, glatten Stamm losließ, wurde er gezwungen, abzubremsen und anzuhalten. Staub und Kiesel spritzten zur Seite, seine Schuhsolen schlitterten über glattes Gestein, doch er konnte stehen bleiben. Hätte er es nicht gekonnt, wären sie wohl beide gestürzt, er und die Frau, die so plötzlich vor ihm aufgetaucht war.

Erschrocken blieb sie stehen und hob den Blick. Er sah in zwei große graue Augen, die ihn anstarrten, als hätte man sie aus dem Schlaf gerissen. Er hatte sich nie sehr für den Ausdruck in Frauenaugen interessiert, außer es war der von sexueller Lust oder argloser Fröhlichkeit. Sobald Schatten in ihnen aufstiegen, versuchte er dies nicht mehr wahrzunehmen, das Schmerzliche in Frauenaugen übersah er möglichst. Blieb es jedoch bei dunkler Schwermut im Blick einer Frau, trieb es ihn bald davon.

Was ihn jetzt aus diesen Augen anschaute,

wußte er nicht genau zu deuten. Nachdem das Erschrecken sich gelegt hatte, musterten sie ihn kurz und gleichgültig. Diese Gleichgültigkeit verdeckte vielleicht einen Ausdruck von Trauer, aber Emil konnte es nicht mit Sicherheit feststellen, auch, weil die Frau nur »Tut mir leid« murmelte und an ihm vorbei weiter den Pfad aufwärts schritt. Warum er sich jetzt umwandte und ihr hinterhersah, war ihm auch unklar, und das störte ihn. Alles, was nicht Sicherheit und sachliche Feststellung war, störte ihn, und das seit eh und je. Trotzdem nahm er jetzt mit seltsamer Genauigkeit alles an dieser sich entfernenden Frau wahr. Den in der Taille gebundenen, fischgrätengemusterten Mantel, das locker im Nacken zusammengehaltene, aschblonde Haar, die nackten braungebrannten Waden über dicken Socken und weißen Turnschuhen. Wie alt sie wohl war, überlegte er. Sicher über dreißig, wenn nicht mehr. Mit beiden Händen in den Manteltaschen stieg sie ohne Hast unaufhaltsam höher, ihre Gestalt verkleinerte sich und verschwand schließlich hinter einer Wegbiegung.

Warum stehe ich hier und schaue irgendeiner Frau hinterher? dachte Emil und spürte zu seinem Erstaunen, daß er zornig wurde. Seine Mundhöhle füllte sich mit einem bitteren Geschmack, ähnlich dem von Schlehdornfrüchten, die er als Junge trotz ihrer pelzigen Bitterkeit gern gegessen hatte. Woher kam dieser plötzliche Zorn? Was an dieser unscheinbaren, entschwindenden Frauengestalt hatte ihn zornig gemacht?

Mit einem Ruck wandte er sich ab und setzte seinen Weg fort. Aber die Lust zu laufen hatte er verloren, er schritt abwärts, den Blick auf seine staubigen Schuhe gesenkt und die Hände im Rükken verschränkt. Wie ein friedlicher Spaziergänger, dachte er, keiner würde mir meinen Zorn ansehen. Was ist nur los mit mir? Meine Befunde machen mich zornig, und das zu Recht. Aber was hat das mit einer Frau zu tun, in die ich fast hineingelaufen wäre?

»Scheiße«, sagte er laut.

Frauen waren ihm reihenweise begegnet, über Mangel an weiblicher Zuwendung mußte er sich nie beklagen. Frauen hatten ihm förmlich die Tür eingerannt, zeitweise war es ihm zuviel, wenn nicht zuwider gewesen. Daß er nie geheiratet hatte, lag vielleicht daran. Daß es zu viele waren. Zuviel leichte Beute. Zuviel aufgestaute Sehnsucht, zuviel Anhänglichkeit, zuviel Gier. Frauen gefielen ihm zwar, aber sie waren ihm suspekt, immer schon und bis heute.

Dieses *bis heute* steigerte seine Unruhe. Was war denn heute schon Suspektes geschehen? Nur der kurze, wie erwachende Blick aus großen, grauen Augen, die achtlose Entschuldigung, das ungerührte Weitergehen einer Frau, und davon ließ er sich derart irritieren?

Er blieb stehen und atmete aus. Er mußte solche Gedanken, die in seiner Situation überflüssig, vielleicht sogar schädlich waren, loswerden. Vor sportlichen Leistungen pflegte er sich durch bewußtes Ausatmen von gedanklichem Müll, wie er es nannte, zu reinigen, um sich konzentrieren zu können. So drang ein heftiger, aber gleichmäßig hervorgestoßener Strom Atem aus seinem weit geöffneten Mund, mit einem lang anhaltenden Ton, der fast zu einem Schrei wurde.

Ein älterer, magerer Mann, der so langsam, als geschähe es in Zeitlupe, an ihm vorbeijoggte, maß ihn mit einem verängstigten Blick. Emil mußte plötzlich lachen. »Alles okay!« rief er dem Mann zu. »Ich bin kein Drache, der Feuer speit!« Der ausgemergelte Jogger jedoch, vor Anstrengung unfähig, auch nur zu lächeln, taumelte schweißüberströmt und mit ausdruckslos erschöpftem Gesicht weiter. Alter Idiot, dachte Emil, er wird sich umbringen.

Der Parkplatz mit den abgestellten Autos war bereits in Sichtweite, aber Emil fehlte auf einmal die Kraft, weiterzugehen. Er fühlte eine Schwäche, wie er sie noch nie gekannt hatte, ihm war plötzlich, als könnten seine Beine ihn nicht mehr tragen. Er hockte sich an den Rand des Pfades, lehnte seinen Oberkörper gegen einen Baum und schloß die Augen. »Bravo«, murmelte er, »jetzt geht's also los.« Er hatte keine Schmerzen, nur schien alle Kraft aus seinem Körper gewichen.

Was eigentlich hatte er, Emil, denn getan? Womit hatte er seinen Körper derart gegen sich aufgebracht? Hatte er doch immer gesund gelebt, wie er dachte, mit Vernunft, auch wenn es exzessiv wurde. Immer rechtzeitig die Bremse gezogen. Vielleicht war er nur krank, zum ersten Mal in seinem Leben ernsthaft krank, einmal mußte es wohl sein, und alles würde sich wieder zum Guten wenden.

Eine Nordic-Walking-Gruppe klirrte mit ihren Stöcken an ihm vorbei, starrte verbissen vor sich hin wie Galeerensträflinge und nahm keine Notiz von ihm. Was sonst? dachte Emil. Man konnte heutzutage erschöpft oder sterbend irgendwo am Straßenrand sitzen, und keiner würde es sehen wollen. Warum also sollte ein Waldweg noch anderen, humaneren Gesetzen unterworfen sein? Oder ist das immer schon so gewesen, nicht nur, wie oft behauptet, ein Zug unserer Zeit? Gleichgültigkeit dem Mitmenschen gegenüber gehört schließlich seit jeher zum festen Repertoire menschlicher Verhaltensmuster. Hätte er selbst denn jemals angehalten und sich um jemanden gekümmert, der schweratmend und fahl im Gesicht unter einem

Baum hockte? Sicher nicht. Vielleicht hätte er ihn sogar wahrgenommen, sich aber gleichzeitig davor gehütet, einzugreifen. Er empfand es seit frühester Kindheit als Indiskretion, einem leidenden Menschen nahe zu kommen, und deshalb versuchte er dies auch immer zu vermeiden, so gut es ging. Seine Mutter hatte nach ihm gerufen, ehe sie starb, und so mußte er wohl oder übel das Krankenzimmer im Altersheim betreten und sich an ihr Bett setzen. Davor schon hatte er sie äußerst selten besucht, und diesen letzten Besuch empfand er als eine böswillige Zumutung des Lebens. Wie konnte es einen zwingen, jemandem beim Sterben zuzusehen? Die eigene Hand von zwei ausgezehrten, feuchten Händen umklammert zu fühlen, den schalen Geruch nach versagenden Körperfunktionen einatmen zu müssen, ein unkenntliches, erloschenes Gesicht vor sich zu haben, das ehemals einer hübschen, immer sorgfältig zurechtgemachten Frau gehört hatte, die seine Mutter war, und die er jetzt als fremden Rest eines Menschen und als Bedrohung empfand. Er hatte mit dem Tod seiner Mutter nichts anfangen können, er stimmte ihn auch nicht traurig, er fühlte keinerlei Schmerz. Er war erleichtert, als er ihr Sterbebett verlassen und vor dem Gebäude des Altersheims den frischen Duft feuchter Herbstbäume einsaugen konnte. Seine Mutter starb im

Herbst, schon vor Jahren, nur kurz, nachdem er bei ihr gewesen war. Sobald man sie begraben hatte, vergaß er sie, und ihm schien, als habe er sie nie sonderlich geliebt, auch als Kind nicht. Den Tod des Vaters bekam Emil kaum mit, er war damals noch sehr klein gewesen, Geschwister hatte er keine, die übrige Verwandtschaft mied er wie den Teufel, eine eigene Familie hatte er sich wohlweislich nicht zugelegt. So konnte er frei von Leidensbelästigung und Besorgnis das Leben eines ungebundenen Mannes und umworbenen Junggesellen führen. Wenn Tränen und Nöte, welcher Art auch immer, sich einzuschleichen begannen, gelang es ihm meist ohne viel Dramatik, Liebesbeziehungen wieder abzubrechen. Szenen und Geschrei waren ihm zuwider, er machte dem stets ein rasches Ende, indem er ging. Wen er hinter sich zurückließ, den vergaß er auch für immer. Er fand, dies sei nötig, um Ballast abzuwerfen, und nichts wog für ihn schwerer als der Ballast weiblicher Emotionen, die er nicht teilen konnte. Auch deshalb hielt er sich gern unter Menschen auf, die ihn nichts angingen.

Und vor allem fühlte er sich immer wohl mit sich selbst. Er hatte Freude an seinem Körper, an sportlicher Leistung, am Geldverdienen, an Reisen, an gutem Essen und Trinken, an Freunden, die nichts von ihm wollten. Er hatte immer Freude an seinem Leben gehabt und nicht viel Aufhebens davon gemacht. Und jetzt machte dieses Leben plötzlich Aufhebens von sich, indem es sich von ihm abwandte, schlicht davonging wie die Frau im Fischgrätenmantel vorhin.

Ein wohlbeleibtes Paar, beide mit ähnlichen Windjacken und Rucksäcken ausgestattet, stieg schweratmend bergauf. Auch sie würdigten ihn, der am Wegrand saß, keines Blickes, so, als wäre er Teil des Baumes, gegen dessen Stamm er sich gelehnt hatte. Aber er hörte hervorgekeuchte Wortfetzen und Sätze, während das Paar an ihm vorbeiwanderte. Trotz der körperlichen Anstrengung, die Steigung zu bezwingen, schienen die beiden in ein aufgeregtes Gespräch vertieft zu sein. »Ich sage dir, sie war es«, stieß die Frau hervor. »– nicht so blond –«, war aus der Antwort des Mannes herauszuhören. Die Frau sprach lauter, war besser zu verstehen. »Blond hin oder her, ich kenne doch ihr Gesicht!« rief sie aus. Nach einer kurzen Pause, in der man nur die knirschenden Schritte auf dem Geröll hörte, fuhr sie schweratmend fort: »Wenn du nicht beim Auto – so lange gebraucht hättest – mit deinen Bergschuhen –« Sie waren schon fast außer Sichtweite, aber Emil hörte noch das atemlose Auflachen des Mannes und undeutlich eine Frage, die verärgert klang, in der jedoch nur die Worte »– vielleicht begrüßen –?« zu vernehmen waren. Dann nur noch abwechselnd Stimmen, die im Höhersteigen langsam verklangen.

Emil atmete in tiefen Zügen, um seine Schwäche in den Griff zu bekommen. Er bezweifelte, daß er jetzt noch in der Lage war, die Schwimmhalle zu besuchen. Jetzt eine Umkleidekabine zu mieten, seinen nackten Körper im kleinen Spiegel zu sehen, die Badehose überzustreifen, dann der Chlorgeruch des großen Schwimmbeckens, die Nähe all der anderen Leute, fremde nackte Haut, angeklatschte Badeanzüge, nasse Gesichter, triefende Haarsträhnen auf der Wasseroberfläche schaukelnd, das Planschen, Kreischen und die prustenden Schwimmzüge um ihn herum, während er versuchen würde, wie immer seine zwanzig, dreißig Längen zu kraulen. Er wußte, daß er das alles heute nicht mehr fertigbringen würde.

Aber vielleicht könnte ich jetzt wieder aufstehen und weitergehen, dachte er, blieb aber dennoch zwischen altem Gras und Wurzelwerk sitzen, die Beine bis an den Wegrand ausgestreckt und immer noch gegen den Baum gelehnt. Der fühlte sich gut an, sein Rücken schien in den Wölbungen der Rinde ein Bett gefunden zu haben. Emil spürte, daß er schläfrig zu werden begann, sein Kopf sank zurück, fand ebenfalls eine rundliche Vertiefung im Stamm, wie dafür geschaffen, ihn sanft zu bergen. Der Baum war eine hohe, alte Birke, das nahm Emil gerade noch wahr, die schwarzen Rillen in den silberweißen Rindenflächen, das Zittern der bereits gelblichen Blätter, durch die eine kühle Sonne fiel, er sah aufwärts in die Baumkrone, die ihn überwölbte, ehe er einschlief.

»Sind Sie tot?«

Ohne die Augen zu öffnen, ließ Emil diese Frage sein Erwachen durchdringen. Bin ich tot? fragte er sich. Und wer will wissen, ob ich es bin? Wen geht das etwas an, ob ich tot bin oder nicht?

Jemand griff nach seiner Schulter und rüttelte sie.

Es kostete Emil Mühe, die Lider ein wenig zu heben. Er sah Turnschuhe, weiße Socken, den Saum eines fischgrätengemusterten Mantels. Und als er den Blick hob, schaute er geradewegs in diese großen, grauen Augen, die ihn aufmerksam musterten.

»Ach, Sie sind es«, sagte er.

»Ist Ihnen schlecht?« fragte die Frau.

»Nein, aber Sie reden zu laut«, antwortete er, während er versuchte, sich aufzurichten, »und davon wird mir schlecht.« Warum bin ich so unhöflich zu ihr? dachte Emil gleichzeitig.

»Entschuldigen Sie. Ich weiß, ich spreche immer zu laut.«

Die Frau stand mit hängenden Armen vor ihm und blickte auf ihn hinunter. Sie ist sehr groß, dachte Emil, fast größer als ich.

»Sehen Sie nicht so auf mich herunter«, sagte er. »Weder bin ich betrunken noch ein Obdachloser, ich habe mir nur erlaubt, ein wenig einzuschlafen. Ist das verboten?«

»Keinesfalls«, antwortete sie. »Ich habe mir andererseits nur erlaubt, mir Sorgen zu machen, weil Sie mitten am Weg lagen, und das tut man selten bei einem normalen Nachmittagsschläfchen. Fast wäre ich über Ihre Beine gestolpert.«

»Tut mir leid«, sagte er.

»Mir auch. Und nichts für ungut.«

Sie wandte sich ab und wollte weitergehen, er fühlte ihren Wunsch, ihn, Emil, rasch hinter sich zu lassen.

»Und warum sprechen Sie immer zu laut?«

Was für eine blöde Frage, die Frau aufzuhalten, dachte er, aber mir fällt keine bessere ein. Ich möchte nicht, daß sie geht.

Die Frau blieb mit dem Rücken zu ihm stehen,

sie wirkte unschlüssig, aber dann drehte sie sich doch nochmals zu ihm her.

»Weiß ich nicht«, sagte sie, »Gewohnheit wohl.«

»Komische Gewohnheit.«

»Ich kann es nicht ändern, Gewohnheiten sind, wie sie sind.«

»Stimmt nicht.« Etwas zwang ihn, ihr mit patzigem Ton zu widersprechen. »Gewohnheiten sind dazu da, sie zu ändern.«

Jetzt hatte sie endgültig genug von ihm, er sah es an der Falte, die zwischen ihren Augen entstanden war. »Adieu«, sagte sie, steckte ihre Hände in die Manteltaschen, musterte ihn nochmals kurz und ging davon.

Er stand auf und sah ihr hinterher. Zum Kotzen, dachte er, wie unfähig ich mit dieser Frau umgegangen bin. Dabei hätte ich gern noch mit ihr gesprochen, ihre Stimme, die mir überhaupt nicht zu laut war, klingt schön. Kenne ich diese Stimme?

»Kenne ich Ihre Stimme?« schrie er ihr plötzlich hinterher. »Sie ist schön!«

»Ich dachte, sie wäre Ihnen zu laut!« rief die Frau, ohne sich umzuwenden oder stehenzubleiben.

»Ich bin ein Trottel!« schrie er.

»Da widerspreche ich Ihnen nicht!«

Mit diesem letzten Zuruf hatte die Frau den Parkplatz erreicht. Sie ließ sich in den Sitz eines offenen Sportwagens fallen, startete das Auto, hob kurz die Hand und fuhr davon. Silbergrau war das Auto, und einige Strähnen ihres Haares flatterten ähnlich silbern auf, ehe sie hinter der Straßenbiegung verschwand.

Das hab ich jetzt davon, dachte Emil. Da will mir eine gut aussehende Frau mit ziemlich betörender Stimme helfen, wieder wach zu werden und mich weiterzubewegen, und ich behandle sie wie den letzten Dreck. Statt ihre Hand auf meiner Schulter, diese Annehmlichkeit einer weiblichen Zuwendung für mich zu nützen.

Er spürte, daß er wieder genügend Kraft in seinen Beinen hatte, um weitergehen zu können. Vorsichtig setzte er einen Schritt vor den anderen. Jetzt gehe ich, wie ein kranker Mann zu gehen hat, dachte er. Ob ich lange am Wegrand geschlafen habe? Die Sonne stand jedenfalls um einiges tiefer, diese gewisse kühle, blasse Nachmittagssonne, wenn der Sommer bricht und der Herbst sich eingeschlichen hat. So ein Tag war das heute, und er nahm ihn persönlich. Auch bei ihm hatte sich etwas eingeschlichen wie ein zu früher Herbst, und er haßte es. Noch vor kurzem hatte er sich im Sommer seines Lebens gefühlt, und er wollte dieses Gefühl wiederhaben. Mit diesem Gefühl gesegnet hätte er die Frau im fischgrätengemusterten Mantel sicher nicht so ohne weiteres gehen lassen, er hätte seinen Charme spielen lassen und einen Flirt begonnen, statt sie zu brüskieren. Er war nie darum verlegen gewesen, einen Flirt zu beginnen, er konnte das einfach. Seine Art, mit ihnen umzugehen, hatte Frauen immer angezogen. Warum nur hatte er sich vorhin so blöde verhalten, sich als Rabauke gebärdet, er, der weiblichen Wesen gegenüber meist die Höflichkeit in Person war? Hatte ihn seine Krankheit bereits so verändert?

»Unsinn!«

Er rief es laut vor sich hin. Wer weiß, ob er wirklich schwer krank war, es gab zwar diesen Befund, aber nur er selbst hatte ihn als *tödlich* eingestuft, kein Arzt hatte das bisher bestätigt. Obwohl Ärzte so etwas einem Patienten natürlich nicht so schnell auf die Nase zu binden pflegen. Aber wie auch immer, er selbst wollte daran glauben, nur vorübergehend eine körperliche Krise zu durchwandern und am Ende wieder blitzgesund herauszukommen, er wollte daran von nun ab felsenfest glauben! Der Glaube versetzt schließlich Berge, heißt es, und warum sollte es in seinem Fall nicht stimmen? Warum sollte sein eigener Glaube das dunkle Gewicht der Todesdrohung nicht wieder verschwinden lassen? Gott, würde er leben! Mit allen Fasern leben, wenn dies einträte! Er würde die Frau mit den großen, grauen Augen so lange suchen, bis er vor ihr auf die Knie fallen und sie um Vergebung bitten könnte, vor dem Fischgrätenmuster würde er zu Boden sinken und ihre Turnschuhe küssen. Er würde sich jede Torheit gestatten, jeden dummen Einfall auskosten, er würde nichts mehr ernst nehmen außer dem Umstand, sich selbst am Leben zu wissen!

Emil hatte den Parkplatz fast erreicht, als das Paar in den Windjacken ihn einholte, die beiden dicken Menschen ließen sich und ihre Schwere förmlich ins Tal fallen, waren bergab erstaunlich rasch unterwegs. Als sie schweratmend an ihm vorbeieilten, sagte die Frau: »Jetzt ist ihr Auto nicht mehr da.« – »Was hättest du denn gewollt von ihr?« fragte der Mann mißmutig. »Wenigstens ein Autogramm«, keuchte die Frau, »aber das verstehst du eben nicht.« Emil sah den beiden nach, sah sie zwischen den parkenden Autos verschwinden.

Und plötzlich wußte er, wer die Frau mit den grauen Augen gewesen war. Ihr Name fiel ihm nicht ein, aber daß er sie in Fernsehfilmen gesehen hatte, schon. »Wie heißt sie denn nur?« murmelte er, während er seinem Auto zusteuerte. Selten sah er mit Aufmerksamkeit fern, er drehte den Apparat meist nur an, um die Stille seiner Wohnung zu durchbrechen. Und wenn überhaupt, dann interessierten ihn Nachrichten oder Dokumentationen, Spielfilme glitten an ihm vorbei, er warf nur ab und zu und nebenbei einen Blick darauf und kannte sich dann in den Geschichten natürlich nicht aus. Und er wollte sich in den Geschichten auch gar nicht auskennen, all diese erfundenen Emotionen gingen ihm auf die Nerven, erinnerten ihn an die, die nicht erfunden waren und ihn belästigten. Eigentlich konnte er Filme nicht leiden. Aber an das Gesicht dieser Frau, wie es in Großaufnahmen den Bildschirm füllte, daran erinnerte er sich plötzlich, als er sein Auto erreichte.

Emils Sportwagen war ebenfalls grau, aber nicht silbern, sondern dunkelgrau, *stahlfarben*, diese Farbbezeichnung hatte ihn beim Kauf beeindruckt, sie hatte etwas mit Krieg und Kampf zu tun, fand er. Emil war heute nicht mit offenem Verdeck gefahren, denn er fror, als er sich auf den Weg gemacht hatte. Also ließ er sich jetzt, als er das Auto erreicht hatte, in dessen abgeschlossenes, dumpf riechendes Gehäuse fallen, blieb eine Weile reglos sitzen und starrte vor sich hin.

»Marie!« rief er plötzlich aus. »Marie Liebner heißt sie!«

Ihm war, als hätte der Umstand, daß ihr Name ihm eingefallen war, ihn beflügelt. Jedenfalls kam Bewegung in seinen Körper, eine, die sich in ihrer

Plötzlichkeit mit dem Flügelschlag eines auffliegenden Vogels durchaus vergleichen ließ. Er schloß knallend die Wagentür, startete den Motor, schoß im Rückwärtsgang rasch, aber umsichtig aus der Parklücke, wendete mit knirschenden Reifen und brauste los. Er nahm die Kurven der Straße, die aus den Hügeln zur Stadt hinunter führte, mit Genuß. Immer schon war er ein glänzender Autofahrer gewesen, in jungen Jahren sogar Rallyes gefahren, und jede Gelegenheit, hinter dem Steuer seines Sportwagens zu sitzen, war ihm willkommen. Nie hatte er dabei unter Überdruß oder Langeweile gelitten oder es als Zwang empfunden, während viele seiner Bekannten solches immer wieder stöhnend kundtaten. Er liebte es, Auto zu fahren, und machte daraus kein Hehl, auch sich selbst gegenüber nicht.

Marie Liebner, dachte er, genau, die Filmschauspielerin. Und er hatte sie behandelt, wie er Frauen bei ersten Begegnungen sonst nie zu behandeln pflegte, großkotzig, mürrisch, gerade bei ihr mußte ihm das passieren. Sein schlechter Zustand war daran schuld gewesen, aber das konnte er ihr jetzt nicht mehr erklären. Wenn diese Frau überhaupt je an den Mann zurückdenken sollte, dem sie auf dem Waldweg begegnet war, dann sicher nur unwillig, wenn nicht gar mit Verachtung. An einen lausigen, unhöflichen, kaputten Kerl mittleren Alters würde sie denken, der sich pampig benahm und geschwächt aussah, an einen dieser verlorenen Typen eben, die auf den Straßen dieser Welt herumlungern.

Emil gab Gas und fuhr viel zu schnell, er wußte es. Aber er konnte nicht anders, die Vorstellung, wie Marie Liebner ihn einschätzen mußte, wenn sie überhaupt einen Gedanken an ihn verlor, machte ihn wütend, und mit dieser Wut im Bauch chauffierte er. Er hatte sein Leben lang Wert darauf gelegt, auf Frauen einen guten Eindruck zu machen. Auch wenn er keinerlei Absicht gehabt hatte, eine Frau zu erobern, ja sogar, wenn ihm eine überhaupt nicht gefiel, war er darauf bedacht gewesen, ihr zu gefallen, ihr zu *imponieren*. Er scheute diesen Begriff nicht, obwohl der spöttische Vergleich zum männlichen Imponiergehabe im Tierreich sich dabei aufdrängen könnte. Den Frauen nähme es den Spaß, und ihm würde etwas fehlen. Seine in Gesellschaft stattfindenden Demonstrationen, mit Leichtigkeit weibliche Gunst erringen zu können, würzten ihm das Leben. Auch, oder vor allem, wenn keine Affären daraus erwuchsen. Er genoß das Ritual der erotischen Annäherung und gleichzeitig die neidvollen oder bewundernden Blicke rundum. Sein Ruf als Frauenheld war ihm wichtig, war ihm immer überaus wichtig gewesen, wichtiger als die ab und zu daraus resultierenden Liebesverbindungen. Und daß er, gerade er, ein Verhalten an den Tag gelegt hatte, welches auf eine Frau nur abstoßend wirken konnte, und daß ihm dies zu allem Überfluß bei einer bekannten Filmschauspielerin passiert war, ärgerte ihn so, daß es fast schmerzte. Schon wieder regte diese Frau ihn auf. Schon als sie auf dem Wanderpfad fast aneinander geprallt wären, sie nur abwesend »tut mir leid« gesagt hatte und an ihm vorbeigegangen war, hatte sie ihn aufgeregt. Aber wie gesagt, nichts mehr zu ändern, nichts mehr auszubügeln, er selbst war schuld, und punktum.

Trotz seiner Wut, oder vielleicht gerade mit dieser Wut im Bauch, fühlte Emil sich plötzlich wieder im Besitz gut trainierter Muskeln und ungebrochener Lebenskraft. Das Lenkrad vibrierte warm und zuverlässig unter seinen Händen, mit Sicherheit war er nicht wirklich krank. Hol's der Teufel, dachte er, was geht es mich an, wie diese Schauspielerin jetzt von mir denkt, ich seh' sie ohnehin nie wieder. In meinem ganzen Leben nie wieder. Und mein ganzes Leben wird noch lange dauern, dafür werde ich sorgen.

Er lenkte das Auto durch belebte Straßen, lenkte es mit leichter Hand und blitzschnell. Er ließ all seine Irritationen in das Beherrschen des Wagens und in dessen gehorsame Geschwindigkeit hineinfließen. Polizist sollte mich jetzt keiner sehen, dachte er, ohne es jedoch wirklich zu befürchten. Auch wenn er schnell fuhr, fuhr er ruhig. Keiner hupte ihm hinterher, er fuhr zu gekonnt, um Aufruhr auszulösen. Er und das Auto wurden zu einer Einheit. Autofahren hat sehr wohl etwas mit Liebe zu tun, fand Emil. Sogar jetzt, im dichten Verkehr einer Millionenstadt, die hektisch in den Abend geriet, ging ihm diese Liebesbeziehung nicht verloren, er lenkte den Wagen geschmeidig und sicher durch die dröhnenden Straßen.

Ohne seine Fahrweise zu verändern, holte er sein Handy aus der Jackentasche und hörte die Mailbox ab. Constanze hatte angerufen. Ihre Stimme klang ungeduldig, ihm fiel auf, wie sie sich bemühte, diese Ungeduld mit Worten zu verbergen, die sie möglichst gelassen aneinanderreihte. Constanze war die Frau, mit der er das ganze letzte Jahr auf lose Weise liiert gewesen war. Und wohl nur, weil sie diese lose Weise zuließ, blieben sie in diesem Jahr so etwas wie *zusammen*. Emil wußte nie so recht, wie er die vielfältigen Verbindungen zu Frauen benennen sollte. Meist behalf man sich mit *meine Freundin*, das alles vereinfachende und, seiner Meinung nach, sogar alles abtötende *meine Frau* war bei ihm gottlob nie zugetroffen. Einige sehr gefühlvolle Gefährtinnen auf Zeit hatten gemeint, er könne sie auch ohne Trauschein durchaus so nennen. Aber er haßte diese zwei Worte ebenso wie den Besitzanspruch, den sie bargen. Er wollte keine Frau, die die seine war. Bei *Freundin* klang auch das *meine* lockerer, unverbindlicher. Constanze hatte dieser von ihm benötigten Unverbindlichkeit, ohne viele Worte darüber zu verlieren, klaglos zugestimmt, und genau das verband ihn mit ihr. Sie lebte auch, als sie einander näher gekommen waren und immer wieder Zeit miteinander verbrachten, unverändert und weiterhin in ihrer eigenen Wohnung in der Villa der wohlhabenden Eltern. Sie studierte auch weiterhin Medizin, was sie jedoch schon so lange tat, daß es keiner mehr richtig ernst nahm, am wenigsten sie selbst. Sie war einunddreißig, also über das Alter einer Studentin hinaus, aber trotzdem fast zwanzig Jahre jünger als er. Ein Altersunterschied, über den Emil sich kaum Gedanken machte. Seine Freundinnen in Jünglingszeiten waren meist älter als er gewesen, aber je älter er selbst wurde, umso jünger wurden die Freundinnen. Irgendwie ergab es sich so, die jungen Frauen wollten ihn haben. Auch Constanze.

Sie trafen einander nach Lust und Laune, es hatten sich kaum feste Regeln oder Verabredungen zwischen ihnen entwickelt. Er wußte nicht, ob sie noch andere Liebhaber hatte, und es interessierte ihn auch nicht. Auch ihr schien egal zu sein, was er trieb, wenn sie beide es nicht miteinander trieben. Wenn es nicht zu oft geschah, schlief er gern mit ihr, und er tat alles, damit es nicht zu oft geschah. Ein Übermaß an sexuellem Kontakt ödete ihn an, er gehörte nicht zu den Männern, die nicht genug kriegen können, er bekam stets erstaunlich rasch genug. Glücklicherweise schien es auch ihr zu gefallen, einander nur sporadisch zu begehren und dann wie ausgehungert übereinander herzufallen. Sie waren sich in dieser distanzierten und sparsamen Leidenschaftlichkeit stets einig gewesen, es gab weder Forderungen noch Vorwürfe, keiner von ihnen hatte je das Verlangen nach einer Vertiefung oder Veränderung der Beziehung verspürt. Es lebe sich bequem und unangestrengt so, fanden sie beide, wenn es überhaupt einmal dazu kam, daß sie Gedanken dieser Art austauschten. Sie sprachen wenig über ihre Gefühle oder den Zustand ihrer Zweisamkeit, und Emil schätzte diese Zurückhaltung überaus.

Aber alles war ein wenig aus dem Gleichgewicht geraten, seit er ihr von seinem Befund erzählt hatte. Er hätte es bleiben lassen sollen, es war ein Fehler gewesen. Zwar ein verständlicher, aber dennoch ein Fehler. Geschockt wie er war, konnte er es nicht unterlassen, irgendeinem Menschen sein Entsetzen mitzuteilen. Und da tauchte Constanze auf, sie wurde dieser Mensch, weil sie als erste und einzige da war, als er reden mußte. Nie vergißt Emil ihren Blick, der sich sofort angstvoll veränderte, als wäre er zu einem Monster geworden.

»Du weißt doch, daß ich mir Sorgen mache«, sagte ihre Stimme jetzt in sein Ohr, »in deiner Verfassung solltest du nicht einfach abtauchen, Emil – und ich wüßte gern, ob du die Einladung bei Königs heute abend überhaupt schaffst – wenn nicht – ich weiß ja nicht, wie's dir heute geht – wenn du lieber daheim bleiben möchtest? – Ruf mich an, bitte.« Sie würde gern alleine hingehen, klarer Fall, dachte Emil und ließ das Handy in seine Jackentasche zurückgleiten.

Es dämmerte vor den großen Fenstern seiner Wohnung, die im letzten Stock lag und von der aus man Parkbäume überblicken konnte. Emil drehte die Lampen an. Er hatte einen Fensterflügel offen gelassen, ein leichter Wind fuhr herein, und es roch nach müdem Laub. Die hohen und weitläufigen Räume waren in bestem Zustand und geschmackvoll eingerichtet. Jedenfalls war Emil sich seines Geschmacks sicher, denn was ihm selbst gefiel, war für ihn geschmackvoll. Und zeitweilige Gefährtinnen, die hierher kamen und hier Nächte mit ihm verbrachten, zuletzt war es meist Constanze gewesen, hatten seine Wohnung stets gemocht. Zumindest sagten sie das. Er legte Wert darauf, nicht junggesellenhaft verkommen, sondern gepflegt zu wohnen, eine Bedienerin kam zweimal die Woche, putzte, wusch Wäsche, alles war sauber bei ihm, funktionell, geordnet.

Er stellte den Fernsehapparat an, der riesige Flachbildschirm beherrschte eine ganze Wand, und die vorbeiziehenden Bilder und Geräusche erfüllten sofort die Wohnung, deren dämmernde Stille ihn bedrückt hatte. Auch den Computer brachte er in Betrieb. Noch ein Bildschirm, der künstliches Leben lieferte, bläuliches Licht und Zwiesprache. Aber kein Mail hatte ihn erreicht. Nun gut, er hatte mittags alles Nötige und Unnötige beantwortet, vielleicht bildete er sich nur ein, plötzlich weniger Mails zu erhalten als sonst. Vielleicht läßt eine Erkrankung wie die seine Gefühle des Einsamseins und Verlassenwerdens hochkommen, die einem sonst fremd sind. Aufpassen, Emil, sagte er sich, nur ja nicht wehleidig werden. Nur ja kein übersteigertes Selbstmitleid, ja nicht klagen. Dir selber hilft es nicht, und jeden anderen ließe es von dir abrücken.

Er warf sich auf das Sofa und schloß die Augen.

Das Handy in seiner Jackentasche läutete. Ohne sich aufzurichten, zog Emil es hervor. Constanze! Sollte er sich melden oder nicht? Sich auf die Erörterung einlassen, ob er sie zur Abendeinladung begleiten wolle oder nicht? Oder lieber gleich unerreichbar bleiben? Er seufzte und drückte dann doch auf die Sprechtaste.

»Geh ruhig allein«, sagte er sofort.

»Was?« Constanze klang verwirrt.

»Ich habe deiner Stimme entnommen, daß es dir Mühsal bereitet, einen kranken Mann herumzuschleppen, und du hast ja auch recht, meine Gesellschaft ist zur Zeit unerfreulich, also geh ruhig allein zu den Königs.«

Constanze schwieg ein paar Sekunden, ehe sie antwortete.

»Du bist überempfindlich«, sagte sie, »und das ist verständlich. Trotzdem bist du ein Hornochse. Hol mich bitte um acht ab und fahr mit mir dorthin.«

»Es wird langweilig sein. Bei einem Konsul ist es immer langweilig.«

»Die Frau kocht hervorragend und er ist ein Weinkenner.«

»Ich habe keinen Hunger und soll Alkohol meiden.«

»Die Töchter sind hübsch.«

»Du bist mir hübsch genug.«

»Eben. Deshalb begleite mich.«

Daß Constanze ihn zum Schmunzeln gebracht hatte, tat Emil wohl.

»Also gut, ich hol' dich ab«, sagte er.

»Bestens. Also bis dann.«

Nachdem er das Handy zur Seite gelegt hatte, blieb er liegen und sah in den Himmel hinaus, der langsam violett wurde. Ab und zu durchkreuzte eine vorbeischwirrende Taube oder Amsel das Bild, immer gegen Abend gab es ein wenig Aufruhr zwischen den Dächern, als wollten die Vögel den scheidenden Tag noch eine Weile aufhalten. In letzter Zeit hatte er öfter aus den Fenstern seiner Wohnung gesehen, und meist gegen Abend, weil er müder als früher nach Hause kam. Früher hatte die Heimkehr aus dem Büro Geschäftigkeit bedeutet, er rüstete sich für irgend etwas, meist in Eile, es waren sportliche und gesellschaftliche Vorhaben, die auf ihn warteten. Er ließ kurz den Fernseher laufen, warf einen Blick in den Computer, zog sich um, schlüpfte in irgendeinen Sportdreß und war so schnell wie möglich beim Joggen oder Handballspielen, im Schwimmbad oder Fitneß-Club, bei Motor-Cross, Fußball, Tennis, und was er sonst noch alles betrieb. Alles außer Golf. Golf fand er lähmend langweilig, und auch der empörte Widerspruch seiner golfspielenden Bekannten, die ihn beschworen, er müsse es doch erst einmal richtig ausprobieren, hatte ihn nicht dazu gebracht, seine Meinung je zu ändern. Wenn er tagsüber Zeit hatte, schwamm er lieber oder joggte endlose Strecken in freier Natur. Der regelmäßige Abendsport am Ende eines Arbeitstages war ihm wichtig, war Bestandteil seines positiven Lebensgefühls. Danach duschte er lange und ausgiebig, und meist befand er sich gegen neun Uhr gut gekleidet, frisch rasiert, nach Eau de Toilette duftend und Unternehmungslust ausstrahlend auf dem Weg zu irgendeiner Einladung, einer Veranstaltung, einem Essen, einer Party, einem dieser unzähligen Treffs, die das gesellschaftliche Miteinander dem einzelnen bieten kann. Er hatte immer die sogenannte gute Gesellschaft gesucht, Kontakte dieser Art möglichst nie abreißen lassen. Eheähnliche Verbindungen durchbrachen ja nur sporadisch und stets auf kurze Zeit sein Dasein als Junggeselle, und gerade deshalb, um sich keine Sekunde lang so etwas wie vereinsamt zu fühlen, als eine Art Bollwerk gegen jede Form der Isolation, brauchte er immer wieder Menschen um sich. Mit oder ohne Freundin, egal, er liebte das Eintauchen in das Gesellschaftsleben, in dieses wohltuend oberflächliche, aber nie ereignislose Getümmel. Jede Facette, auch die törichteste, war ihm recht. Und stets fand er dazwischen doch immer wieder ein hübsches Lächeln, einen klugen Satz, einen Hauch Herzenswärme. Meist waren es die Frauen, bei denen er solches fand. In raumgreifende Männergespräche mischte er sich selten ein, er beobachtete distanziert, amüsierte sich schnell, flirtete gern, aß und trank gut und bemühte sich um eine gewisse Originalität seiner eigenen sparsamen Äußerungen auch innerhalb der ödesten Konversation. Und ein paar Leute aus diesen Kreisen mochte er sogar, er hatte dort trotz allem einige gute Bekannte gewonnen. Ob diese jedoch auch gute Freunde waren, wirklich gute Freunde, konnte er nicht sagen. Vor allem jetzt nicht, seit sich für ihn vieles zu verändern begann.

Jetzt konnte er nicht mehr jeden Abend hinausstürmen, jetzt war er abends meist zu erschöpft, die Bürostunden strengten ihn in einer Weise an, wie er es nie zuvor gekannt hatte. Aber er wollte nicht pausieren, nicht aufhören zu arbeiten. Noch nicht. Manchmal nahm er einen halben Tag frei, aber das hatte er auch früher immer wieder einmal getan, niemandem im Betrieb fiel es auf. Schließlich war er seit acht Jahren Geschäftsführer und konnte den Freiraum einer gehobenen Position für sich in Anspruch nehmen. Noch dazu machte die Firma, die Schreib- und Papierwaren produzierte, nach wie vor hervorragende Umsätze, und das, obwohl sie sich bisher von keinem

Konzern hatte schlucken lassen, in privater Hand und ein vergleichsweise kleiner Betrieb geblieben war. Oder lief es gerade deswegen so gut, weil eben alles überschaubar blieb. Die Produkte besaßen Originalität und eine unüblich hohe Qualität, und da er selbst daran nicht unbeteiligt gewesen war, genoß er persönliches Ansehen bei *Pinker & Sohn*. Er hatte noch den alten Herrn Pinker gekannt, jetzt war es bereits dessen Enkel, der die Leitung übernommen hatte. Friedrich Pinker war erst achtundzwanzig, und Emil hatte anfangs mit Unbehagen gekämpft, einen so jungen Vorgesetzten zu haben. Da dieser aber stets höflich und respektvoll geblieben war, hatte sich auch mit ihm ein harmonisches Arbeitsverhältnis ergeben. Emil arbeitete gern. Er liebte die Ware, die der Betrieb produzierte, alles, was mit Papier und Füllfedern, was mit dem Schreiben per Hand zu tun hatte, begeisterte ihn. Dabei schrieb er selbst kaum. Es war die verehrende, andächtige Liebe eines Außenstehenden, die er diesem Vorgang zollte. Wenn Menschen sich weiterhin der aussterbenden Kultur des handgeschriebenen Briefes oder Tagebuches ergaben, dann sollten sie es mit den edelsten Utensilien tun können, dafür setzte er sich ein. Und siehe da, so sehr ausgestorben schien diese Kultur noch gar nicht zu sein.

Emil lag immer noch auf dem Sofa, obwohl es

zu dunkeln begann. Vielleicht hatte er sogar geschlafen, er wußte es nicht genau, fühlte nur eine Schwere, als sei er kurze Zeit abwesend gewesen. Ich muß mich jetzt umziehen, dachte er, sicher komme ich zu spät, und Constanze haßt Unpünktlichkeit. Außerdem ist das bei den Königs ein gesetztes Essen, es wäre peinlich, sich zu verspäten. Er seufzte und erhob sich mit Anstrengung. Nur die Bildschirme von Computer und Fernsehapparat leuchteten bläulich zu ihm her, die Stimme eines Nachrichtensprechers plätscherte durch die dunkle Wohnung.

Emil drehte mehrere Lichter an, während er in sein Ankleidezimmer trottete. Dieser Raum war sein ganzer Stolz. Als Kind schon hatte er eigenartigerweise von einem geräumigen, eigenen Schrank geträumt. Daß seine Kleidung lange Zeit achtlos zwischen die Garderobe der Eltern gestopft wurde, bereitete ihm schon damals ein recht unkindliches Unbehagen. Und jetzt besaß er sogar ein eigenes, geräumiges Ankleidezimmer! Darin war seine Garderobe übersichtlich untergebracht, alles auf den ersten Blick und nach gewünschter Farbzusammenstellung auszuwählen, Hemden, Krawatten, Schals, Pullover, dann natürlich die diversen Anzüge, Sakkos und Hosen, und in speziellen Regalen die penibel geputzten Schuhe, blitzblank aufgereiht. Auch die verschiedenen Sportausrüstungen hatten, nach Sparten geordnet, ihren Platz. Sein wohlbestallter Ankleideraum erfüllte Emil stets mit einer Zufriedenheit, wie er sie kaum anderswo empfand. Zog er sich doch gern mit Bedacht gut an, er wählte die Farben sorgfältig, vermied modischen Firlefanz, legte Wert auf die Qualität seiner Kleidung und bevorzugte ein eher konservativ-männliches Aussehen. Ein großer Spiegel fehlte natürlich ebenfalls nicht. Allerdings widmete er diesem meist einen zwar genauen, aber nur kurzen und abschließenden Blick. Der Gedanke, eitel zu sein, erschreckte ihn. Sein sorgsamer Umgang mit Körper und Kleidung sollte Selbstverständnis bleiben, nebenbei ablaufen. Er fand eitle Männer widerwärtig, meist waren sie ja auch schwul, und damit wollte er nichts zu tun haben.

Als Emil jetzt zwischen all den gut beleuchteten Wandschränken stand, um das Passende zur Abendeinladung auszuwählen, fehlte ihm auch dabei der Schwung vergangener Tage. Ich bin blödsinnig müde, dachte er, diese Wanderung hat mich irgendwie erschöpft. Außerdem machen Sonntage prinzipiell müde. Morgen würde er zeitgerecht und, wie immer zu Wochenbeginn, mit besonderem Elan in der Firma auftauchen und dort seiner Arbeit nachgehen. Was täte man ohne berufliche Verpflichtung, das ganze Leben würde zerfallen, in Stücke fallen, nur mit Hilfe der täglichen Arbeit läßt sich Leben bewältigen. Ja, Beruf, Sport, manchmal das Atmen einer Frau, das bedeutete für ihn seit je die Garantie einer sicheren und menschenwürdigen Existenz. Einer Existenz als Mann.

Emil fiel sein blasses Gesicht auf, es wirkte klein und verloren. So darf ich morgen nicht aussehen, wenn ich im Betrieb erscheine, dachte er, während er sich grübelnd betrachtete. Ich muß morgen den Eindruck erwecken, vollkommen fit zu sein. Es war schon töricht genug, Constanze von meinem Befund zu erzählen, und wer weiß, ob sie ihren Schwur, darüber zu schweigen, auch wirklich hält. In der Firma darf einfach niemand von meinem Kranksein erfahren, solange ich nicht tot umfalle, werde ich beruflich funktionieren, punktum.

Er wandte sich vom Spiegel ab und begann seine Abendgarderobe auszuwählen. Dunkler Anzug, vielleicht mit Stecktuch. Krawatte? Besser ja, bei Konsul König ging es mit Sicherheit recht formell zu, lockere Eleganz wäre da nicht angesagt. Und was mache ich, um gesünder auszusehen? fragte er sich, als ihm ein zufälliger Blick in den Spiegel nochmals aufdrängte, wie bleich er war. Ihn erschreckte der fahlweiße Fleck, der sein Gesicht sein sollte. Vielleicht würde eine heiße

Dusche ihn wieder aufmöbeln. Oder sollte er Constanze doch wieder absagen? Nichts täte er im Augenblick lieber, als das anzubehalten, was er am Leibe trug, sich wieder auf das Sofa zu legen und auf den Fernsehschirm zu glotzen, bis ihm die Augen zufallen würden. Später vielleicht ein Fertigsüppchen warm gemacht, eine Flasche Bier aus dem Kühlschrank, und dann früh ins Bett –

»Nein! Zum Teufel nein!« sagte er laut vor sich hin. Was soll das! So sähe Aufgeben aus, Niederlage, Ende der Ansage. Kommt nicht in Frage, wir gehen aus, wie wir es immer getan haben, Mylord. Sie schmeißen sich jetzt unter die Dusche, traktieren die Haut mit Gesichtswasser, bis sie glüht, werfen sich in Schale und pfeifen gefälligst *Strangers in the night* vor sich hin, wenn Sie mit dem Aufzug in die Garage fahren, das Haus soll Ihre gute Laune durchaus mitbekommen. Und jetzt dalli.

Als Emil das Ankleidezimmer verließ, zeigte er seinem Spiegelbild die lange Nase.

Constanze stand schon vor der Gartentür, die Haltung ihres Körpers verriet Ungeduld. Hinter ihr waren einige Fenster des zweistöckigen Hauses sanft erleuchtet, eine Straßenlampe warf Blätterschatten über ihr sorgfältig zurechtgemachtes Gesicht. Nachdem Emils Auto neben ihr stehengeblieben war, öffnete sie eilig den Wagenschlag und warf sich auf den Sitz an seiner Seite. »Endlich. Wir werden zu spät kommen«, sagte sie. Emil fuhr nicht sofort weiter, sondern schaute sie bei laufendem Motor so lange an, bis sie ihm erstaunt ihr Gesicht zuwandte.

»Was ist?« fragte sie.

Sie hat wirklich schöne Augen, dachte Emil, dieses helle Blaugrün, ähnlich denen von Elisabeth Taylor. Und sie schminkt sie auch ähnlich, Wimpern und Brauen kohlschwarz.

»Bitte, Emil! Was ist?« fragte Constanze nochmals, ihre Knie unter dem engen Rock aus glänzender Seide wippten nervös.

»Schön wie Elisabeth Taylor«, sagte er.

»Aber das wissen wir doch mittlerweile«, antwortete Constanze, »ständig sagst du mir, daß ich ihre Augen habe, aber jetzt wäre besser, wenn du losfahren würdest. Guten Abend übrigens.«

Sie beugte sich zu ihm und küßte ihn auf die Wange. Notgedrungen, dachte Emil, als er aufs

Gas stieg. Diese Küßchen kennen wir, die kaum berühren, nur noch Geste sind und bedeuten: Bitte ja keinen Kuß! Hat Constanze Angst vor irgendeiner Ansteckung? Ekelt sie sich bereits vor mir?

»Du siehst gut aus«, sagte Constanze neben ihm.

»Was du nicht sagst.«

Emil lächelte kurz zu ihr hinüber. Wenn sie das sagen muß, schaue ich sicher elend aus, dachte er. Dann aber konzentrierte er sich darauf, die baumbestandenen Villenstraßen, in denen kaum Verkehr herrschte, im Eiltempo hinter sich zu bringen. Constanze würde sich wundern. Mit seiner Fahrkunst konnte er die Verspätung locker ausgleichen, er rechnete mit nur einer Viertelstunde.

»Fahr nicht so schnell«, sagte Constanze.

»Ich fahre immer so schnell«, sagte er.

Sie schwieg. Sie schwiegen beide. Er roch Constanzes Parfum, das er so gut kannte wie den Geruch ihrer Haut. Er hatte sie von Anfang an gern gerochen, sein Geruchssinn lieferte ihm stets das erste einladende Signal, den Körper einer Frau anzusteuern.

»Wir haben keine Blumen«, sagte Constanze plötzlich, »oder hast du daran gedacht?«

Sie hatte ihm mit einem Ruck das Gesicht zugewandt, ihre Augen schienen noch grüner geworden zu sein, der Blick war scharf. Sie prüft mich, dachte er, sie will wissen, ob ich noch bei Verstand bin, meine fünf Sinne noch beisammen habe. Oder ob sie mich ab nun gängeln muß wie ein tumbes Kind.

»Ich habe keine Blumen«, sagte er. Mit einer gewissen Zufriedenheit hörte er ihr leises Aufschnauben, ehe er fortfuhr. »Aber ich habe eine Luxus-Briefpapier-Kassette dabei, mauve marmoriert, mit passendem Federkiel, ein teures Stück aus unserem Sortiment. Für die Dame des Hauses sicher das Richtige.«

Constanze nickte und lehnte sich mit einem erleichterten Seufzer in den Sitz zurück. Er sah ihr Profil vor den rasch vorbeigleitenden Häuserzeilen, die Straßenlampen ließen Licht und Schatten darauf tanzen. Auch der Schwung von Stirn und Nase, die Kontur der Lippen erinnerten ihn an Liz Taylor. Auch das hatte er wohl schon zu oft erwähnt, deshalb sprach er es jetzt nicht aus. Hatte sie nicht einmal scherzhaft behauptet, er hätte sich offensichtlich nicht in sie, sondern in einen Taylor-Verschnitt verliebt? Na und, hatte er daraufhin gemeint, ist doch nicht das Schlechteste, mit ihr verglichen zu werden, oder? Ich wäre aber lieber einzigartig für dich, hatte sie geantwortet und dann zu lachen begonnen. Prima, dieses Lachen, so ganz auf unserer gemeinsamen undramatischen Linie, hatte er damals gedacht. Aber vielleicht lachte sie nur, weil er nicht gesagt hatte: Du *bist* einzigartig für mich? Ja, hatte sie vielleicht deshalb zu lachen begonnen? Und warum begann er plötzlich diese Erinnerung hervorzukramen und über gesagte oder nicht gesagte Sätze nachzudenken?

Wieder sah Emil zu Constanze hinüber. Sie schien den Blick zu fühlen, wandte den Kopf und lächelte ihn an.

»Frau Konsul König schreibt ihre Briefe sicher gern auf mauvefarben marmoriertem Papier«, sagte sie, »ein ideales Gastgeschenk, danke, Schatz.«

»Gern geschehen«, gab er zur Antwort.

»Und wir kommen fast pünktlich an, hätte ich nicht mehr gedacht, als ich auf dich gewartet habe.«

Constanze schien plötzlich gut gelaunt zu sein.

»Du solltest mich eben nie und bei nichts unterschätzen, mein Liebling«, sagte Emil.

»Tu ich nie wieder«, gab Constanze lächelnd zur Antwort. Tut uns gut, diese Brise von Zweideutigkeit, dachte Emil. Klug, daß ich nichts vom Taylor-ähnlichen Profil habe verlauten lassen, man weiß ja nie, was in den Tiefen einer Frau rumort. Besser, man tippt da erst gar nicht an.

Emil bog in die ruhige Straße ein, in der Königs residierten.

»Liebst du mich?« fragte Constanze.

Fast hätte Emil das Auto verrissen, so unvorbereitet traf es ihn. Warum gerade jetzt? Warum plötzlich diese Allerweltsfrage, die ihm seit je wie ein Messer erschienen war, das einem unvermutet an die Brust gesetzt wird? Er konnte nicht fassen, daß Constanze, die beherrschte, fast kühl anmutende Constanze, sie gestellt hatte. Und er wußte gleichzeitig im voraus, daß er die falscheste aller nur möglichen Antworten geben würde. Sie hatte sich rückblickend immer wieder als solche erwiesen, hatte Tränenströme oder Geschrei und meist ein baldiges Ende der Beziehung provoziert. Aber keine andere fiel ihm je dazu ein.

»Natürlich«, sagte er.

»Außer natürlich fällt dir dazu nichts ein?«

»Bitte, Constanze. Wir sind in ein paar Sekunden vor der Haustür!«

»Ich will keine lange Ansprache von dir, nur eine Antwort.«

»Aber ich habe geantwortet!«

»Hast du nicht, aber es macht nichts. Du kannst übrigens hier parken.«

Emil bremste heftig ab, ihre Oberkörper flogen nach vorne und wurden mit einem harten Ruck von den Gurten aufgefangen. Constanze entwischte ein Stöhnen, sie ordnete die Seidenbluse über ihrer Brust, griff sich ins Haar, aber kein Wort fiel. Ich denke nicht daran, mich zu entschuldigen, dachte Emil, es war schließlich ihre Anweisung, die ich befolgt habe. Scheißweiber.

Auch als er das Auto eingeparkt und den Motor abstellt hatte, blieb die Stille zwischen ihnen bestehen. Sie stiegen schweigend aus. Emil holte das Geschenkpaket aus dem Kofferraum, schloß den Wagen, man hörte das Einrasten der Verriegelung, er stand neben Constanze auf dem Gehsteig und fühlte, daß ihm übel wurde.

»Hast du was?« fragte Constanze.

»Nein«, antwortete er, und der Schweiß brach ihm aus.

»Du bist so blaß, ist dir nicht gut?«

Er mußte sich gegen die Hauswand lehnen. Die Wand war gelb, sicher erst kürzlich renoviert, sie roch noch nach Mauerwerk und frischem Anstrich.

»Sollen wir umkehren?« fragte Constanze.

»Nein«, sagte Emil.

»Hat dich meine Frage aufgeregt?«

»Nein.«

»Ich glaube doch«, sagte Constanze.

Sie kramte nach einem Taschentuch, wollte ihm die Stirne abwischen, aber er wehrte es rasch und heftig ab. Sie seufzte.

»Was ist denn so schrecklich daran, jemanden zu fragen, ob er einen liebt?«

»Es ist ja nicht schrecklich.«

»Aber du führst dich auf, als sei es schrecklich.«

»Laß uns bitte aufhören damit«, sagte Emil, während er versuchte, wieder gerade zu stehen, »ich bin nicht allzu gesund, falls ich dich daran erinnern dürfte.«

Er sah, wie Constanzes Augen sich verdunkelten. Sie runzelte die Stirn und starrte ihn an.

»Nur deshalb wollte ich wissen, ob du mich liebst. Ob ich dir etwas bedeute. Wir können doch jetzt nicht mehr so tun, als wäre nichts. Es stellen sich eben Fragen – seit du mir –«

Um Himmels willen, dachte Emil, jetzt fängt das an. Jetzt will sogar die angebliche Freiheitsfanatikerin Constanze Sicherheiten, ehe sie sich mit einem kranken Mann abgibt. Wie kann eine Frau nur verlangen, geliebt zu werden? Kann man denn ohne jeden Zweifel lieben? Niemand kann das. Auch wenn man kerngesund ist, kann man das nicht. Dieses ewige verlogene Liebesgetue auf Erden! Es raubt Zeit und Kräfte, ich hasse es, ich bin krank, ich brauche Ruhe.

»Laß uns hineingehen«, sagte Emil, »sonst kommen wir doch noch zu spät.«

Er saß neben Gloria van Fleet, einer mächtigen, nicht mehr jungen Frau mit hochtoupierten, rotblonden Haaren. Sie trug teuren Schmuck, Klunker, die ihr von den Ohren baumelten, und Ketten, die sich an die mürbe Haut ihres Dekolletés schmiegten. Sie entstamme einem niederländischen Adelsgeschlecht, hatte Constanze Emil zugeflüstert, ehe man zu Tisch ging. Er war gezwungen, sich auf englisch zu unterhalten, da Gloria kaum Deutsch sprach. Seine Englischkenntnisse waren mäßig, und das Gespräch strengte ihn an. Warum nur mußte man ihn neben diese Walküre setzen? ärgerte sich Emil, während er lächelnd und stockend der adeligen Dame Rede und Antwort stand. Diese rühmte schließlich die Künste eines hiesigen Zahnarztes und war von diesem Thema nicht mehr abzubringen. Ausführlich und detailgenau beschrieb sie dessen zahntechnische Vorgangsweisen, nur seinetwegen sei sie diesmal aus Holland gekommen, und nur nebenbei hätte es sich ergeben, heute die Königs zu besuchen. Gloria van Fleet erzählte derart plastisch, daß Emil sogar bei mangelnder Englischkenntnis eine Menge von Mundhygiene und Kunststofffüllungen mitbekam. Er sah ihre großen, gelblichen Zähne allzu nahe vor sich, wandte sie ihm das Gesicht bei ihren Ausführungen doch immer wieder eindringlich zu, und der Appetit verging ihm.

Schräg gegenüber saß Constanze, angeregt mit einem bekannten, gut aussehenden Werbefachmann plaudernd. Ab und zu warf sie einen kurzen amüsierten Blick zu ihm her, einmal hob sie sogar bedauernd die Schultern hoch und verkniff sich dann ein Auflachen, als er trübe zu ihr hinsah. Etwa fünfzehn Gäste waren geladen, man saß an einer luxuriös gedeckten, mit Herbstrosen geschmückten Tafel, die Glastüren des großen Speisezimmers führten in den Garten, der an die Rückfront des Hauses anschloß. Einige Bäume und Sträucher waren von Scheinwerfern angestrahlt und wirkten auf künstliche Weise grün. Nichts als Kulisse, dachte Emil. Er blieb verärgert, der ganze Abend ärgerte ihn, er war nicht in der Lage, ihn humorvoll zu betrachten. Die adelige Frau schmatzte und kaute meist mit halbgeöffnetem Mund. Deutlich sah man das Rotieren der Speisereste, auch weil sie während des Essens nicht aufhörte zu sprechen. Zu seiner Rechten war ein Platz frei geblieben, er konnte sich also nicht abwenden und in eine erfreulichere Konversation ausweichen, ohne unhöflich zu wirken.

»Sie kommt immer zu spät, unsere Mary!« rief ihm die Gastgeberin vom Ende des Tisches zu, wohl, weil sie sein Unbehagen und die bedauernden Blicke auf den leeren Sessel neben sich wahrnahm. »Ich habe die Tafel eröffnet, weil es sinnlos ist, auf sie zu warten!«

»I hope, nevertheless he is satisfied with me«, antwortete Frau van Fleet fröhlich an seiner Stelle und blinzelte unter ihren starr getuschten Wimpern zu ihm her, »because I am!«

Und zu allem Überfluß stieß sie ihm dann noch kokett die mit schweren Ringen geharnischte Faust gegen die Rippen, daß es schmerzte. Emil lächelte tapfer. Rundum lachte man halbherzig auf, setzte aber anschließend das Gespräch und die mit Lobesworten bedachte Mahlzeit lautstark fort. Endlich fand Gloria van Fleet zu ihrer Linken ein noch unverbrauchtes Ohr für Zahnprobleme im allgemeinen und im besonderen. Noch dazu war der Mann, Emil kannte ihn, Gynäkologe, also medizinisch geschult, und er sprach ein hörbar besseres Englisch. Emil sah von nun an nur noch den in grünen Taft gezwängten, breiten Frauenrücken neben sich, saß erleichtert und schweigend da, beobachtete die Runde, die Gesichter, die er alle schon einmal gesehen hatte und die ihm letztlich nichts sagten. Man servierte seinen Teller ab, ohne daß er mehr als ein paar Bissen von der Vorspeise gegessen hätte, die aus kaltem Fisch bestand. Mir ist nicht gut, dachte Emil, ich hätte zu Hause bleiben sollen.

Als die getrüffelte Kartoffelcremesuppe aufgetragen wurde, aß er anstandshalber ein, zwei Löffel, aber im Gegensatz zu nahezu allen anderen Menschen haßte er den Geschmack von Trüffeln, so teuer konnte das Zeug gar nicht sein, daß ihn davor nicht ekelte. Jetzt wurde ihm endgültig schlecht, und zum zweiten Mal an diesem Abend fühlte er, wie ihm der Schweiß ausbrach. Wie komme ich nur weg von hier, ohne Aufsehen zu erregen? überlegte Emil. Ich will in mein Bett.

Als das Dienstmädchen die Suppenteller abservierte, betrat jemand hinter Emil das Speisezimmer, ein Hauch von Eile wehte herein, und dann sagte eine atemlose, weibliche Stimme: »Bitte nicht böse sein, Luzia, du weißt, ich bin aufgehalten worden –«

»Bist du doch jedes Mal, mein Schatz, setz dich jetzt«, unterbrach die Hausfrau gütig, aber ohne ihren Platz am Kopfende des Tisches zu verlassen. »Willst du Vorspeise *und* Suppe nachgereicht haben oder nur eines von beiden?«

»Nur Suppe bitte«, sagte die Frau hinter Emils Rücken.

Einige der Gäste nickten grüßend, vielleicht tat sie Ähnliches, aber Emil drehte sich nicht um. Dann nahm die Frau neben ihm Patz. Er sah zuerst nur locker zurückgebundenes, aschblondes Haar und ein fein gezeichnetes Profil. Aber nachdem sie ihren Sessel näher an den Tisch gerückt hatte, wandten sich ihm große graue Augen zu. Es war niemand anders als Marie Liebner, die neben Emil saß.

»Na sowas«, entwischte ihm, ehe er sich etwas Klügeres hätte ausdenken können, »so sieht man sich also wieder.« Ich bin ein Volltrottel, dachte Emil, angesichts dieser Frau werde ich schon wieder zum Idioten, und sie erkennt mich nicht einmal. Ich hätte sie ja eigentlich schon an ihrer Stimme erkennen müssen. Und jetzt diese Augen!

Marie Liebner sah ihn unsicher, aber mit einem höflichen Lächeln an.

»Wir kennen uns?« fragte sie.

»Ich bin der Clochard, den Sie am Wegrand von den Toten erweckt haben, heute nachmittag, oberhalb der Badeanstalt, erinnern Sie sich?«

Jetzt drang ein langsames Erkennen in ihren Blick.

»Ach ja. Sie haben mir gesagt, ich spräche zu laut.«

»Tut mir leid. Ich glaube aber auch hinzugefügt zu haben, daß Sie eine schöne Stimme hätten.«

»Ja. Aber da war's schon zu spät.«

Sie schwiegen und lächelten einander an.

»Jetzt sehen Sie ganz anders aus«, sagte Marie Liebner, »ich hätte Sie nicht wiedererkannt.«

»Ich habe geduscht«, sagte Emil.

Das Mädchen kam und servierte die Suppe, während Marie Liebner ihre Serviette auf dem Schoß entrollte. Der herüberwehende Geruch nach Trüffeln rief bei Emil wieder Übelkeit hervor, ihm war, als müsse er erbrechen. Jetzt dem ja nicht nachgeben und abhauen, beschwor er sich. Jetzt, Freundchen, bleibst du gefälligst neben der Filmschauspielerin sitzen, kotzt nicht auf den Tisch und benimmst dich wie ein Kavalier. Jetzt machst du wieder gut, was unter der Birke am Wegrand blöd gelaufen ist.

»Ich dachte, eine Mary würde erscheinen und sich zu meiner Rechten niederlassen«, sagte Emil, »oder habe ich mich verhört?«

»Nein, haben Sie nicht«, antwortete Marie Liebner. »Luzia König ist eine Freundin, wir kennen einander schon lange, noch aus der Zeit, als sie noch nicht mit dem Konsul verheiratet war. Ich weiß nicht warum, aber sie hat immer Mary zu mir gesagt.«

»Die Frau hat erwachsene Töchter!«

»Na und?«

»Geht sich das denn aus mit Ihrer Freundschaft?«

»Ich bin auch nicht mehr die Jüngste«, sagte Marie Liebner.

»Aber die Hübscheste«, erwiderte Emil rasch.

Ein einfältiges Kompliment, ich bin offensichtlich nicht in Form, dachte er. Marie Liebner sah kurz von ihrer Suppe hoch, ehe sie den nächsten Löffel nahm.

»Wie heißen Sie denn?« fragte sie dann.

Zu dumm, ich habe mich nicht einmal vorgestellt, dachte Emil. Daß ich weiß, wie sie heißt, scheint sie keinen Moment zu bezweifeln, dabei ist es mir erst eingefallen, als sie schon verschwunden war, und auch da nur mit Mühe. Aber das sage ich ihr natürlich nicht.

»Entschuldigen Sie, Frau Liebner«, sagt er, »mir war, als würden wir einander kennen, nur weil ich klarerweise Sie kenne.«

»Das Übliche«, gab sie ruhig zur Antwort.

»Emil Windhacker heiße ich.«

»Ach ja.«

Eine Gesprächspause entstand, und Marie Liebner löffelte ihre Suppe. Dann wurden die Teller mit dem Hauptgang aufgetragen und Weingläser nachgefüllt, um die Tafel herrschte plötzlich Betriebsamkeit. Emil griff nach seinem vollen Wasserglas und trank es gierig aus. Er wußte, daß er auch dieses von Saucen und Pilzragout umkränzte Fleischgericht, das jetzt vor ihm stand und viel zu üppig duftete, nicht hinunterbringen würde. Ich habe doch früher stets so leidenschaftlich gern gegessen, dachte er, kein gutes Zeichen auch das.

Er griff zu seinem Besteck und rang gleichzeitig nach einem klugen Satz, um das Gespräch mit Marie Liebner fortzusetzen. Aber ehe er dazu kam, stieß Gloria van Fleet mit ihrer mächtigen Schulter so heftig gegen ihn, daß er beinahe aus dem Gleichgewicht geraten wäre. Sie lachte ihn mit ihren großen Zähnen an.

»Now you *are* satisfied, isn't it? Hello, beautiful actress!« Hinter seinem Rücken beugte sie sich zu Marie Liebner hinüber und tätschelte ihr die Wange. »You look great, dear, what's about your next film?«

»It will come out in December«, antwortete diese ruhig.

»What's the title? Just for me, to know!«

»*Schrei, wenn du kannst.*«

»What do you mean?«

»Scream, if you can.«

»Dear me«, die adelige Frau zog sich kopfschüttelnd auf ihren Platz zurück. »I am sure, this film is nothing for me!« und sie begann das Fleisch auf ihrem Teller mit Inbrunst zu zerschneiden und in sich hineinzuschaufeln.

»Das glaube ich auch«, murmelte Marie Liebner.

Nur Emil konnte sie verstehen und fühlte sich dadurch geehrt. Er sagte leise: »Sie schreit sicher, wenn sie kann! Der Film ist wirklich nichts für sie!«

Als Marie Liebner jetzt auflachte, tat ihm das so wohl, daß auch er einen Bissen Fleisch hinunterwürgen konnte. Sie hat ein hübsches Lachen, dachte Emil, während er zu ihr hinsah. Ihre Blicke trafen sich, und in den großen, grauen Augen, die so kühl auf ihn gewirkt hatten, lag plötzlich eine gewisse Wärme.

»Sie haben ja Humor«, sagte Marie Liebner.

»Nur zu besonderen Gelegenheiten«, gab er zur Antwort, und sie lachte wieder leise auf. Emil überkam trotz seiner körperlichen Schwäche ein Gefühl stolzer Zufriedenheit.

Und dann sah er Constanzes Blick.

Was ist los? dachte Emil. Ob sie schon lange so düster zu uns beiden herüberstarrt? Und warum so, als sähe sie mich ein Verbrechen begehen?

Als ihre Augen sich trafen, wandte Constanze sich blitzschnell ab, lächelte den Werbefachmann wieder betörend an und tat, als sei sie nach wie vor in ein angeregtes Gespräch vertieft. Aber Emils Zufriedenheit, sich diesmal bei der Schauspielerin in ein besseres Licht gerückt zu haben, sein Stolz auf ein paar geglückte Scherze, verflog ebenfalls blitzschnell. Ihm wurde wieder schlecht, er schwitzte unter dem Abendanzug. Das war Eifersucht, dachte er, in diesem Blick gloste eindeutig Eifersucht. Auch Constanze kann eifersüchtig sein, wer hätte das gedacht! Weil ich mit einer berühmten Frau plaudere, nehme ich an. Mein Schäkern mit irgendwelchen anderen Frauen hat sie doch nie gestört. Oder ist es mir nur nicht aufgefallen?

Emil lockerte seine Krawatte und schob den Teller diskret von sich, er konnte den Fleischgeruch plötzlich nicht ertragen. Du lieber Himmel, dachte er, ich kenne diese Blicke, bei denen man immer denken muß, wenn Blicke töten könnten, fiele ich jetzt tot um. Die Augen der Frauen, wenn Eifersucht in ihnen erwacht, bedrohen unsereinen, dann nichts wie weg. Da lobe ich mir doch jeden Mann, jede solide Männerfreundschaft, o Gott, plötzlich habe ich Sehnsucht nach einer Männerfreundschaft.

Der junge Graphiker bei *Pinker & Sohn* fiel Emil ein, mit dem er in letzter Zeit viel zusammengearbeitet hatte, der stets guter Laune war, der Robert Hertl hieß, sich aber gerne Rob nennen ließ. Ich werde Rob nächste Woche mal wieder zum Essen einladen, beschloß Emil, nach Büroschluß, und vielleicht gleich zum Italiener um die Ecke. Ich kann mir in meinem Zustand keine eifersüchtige Frau antun, ich brauche die Gesellschaft eines Freundes.

Er lehnte sich zurück und seufzte.

»Es schmeckt Ihnen nicht?« fragte Marie Liebner.

»Ich habe heute keinen Appetit«, antwortete Emil, »kommt manchmal vor.«

Sie sah ihn forschend an, und er wußte, daß seine Antwort nicht überzeugend geklungen hatte. Er wußte auch, daß ihm ohne Zweifel anzusehen war, wie schlecht er sich fühlte.

»Wovon handelt der Film?« fragte er.

»Wie bitte?«

»Dieses *Schrei, wenn du kannst*, wovon handelt das?«

»Ach so«, sagte Marie Liebner, und eine Falte entstand zwischen ihren Brauen, wie am Nachmittag, als er unter der Birke saß und ihr auf die Nerven ging, »es ist ein Krimi und mir ist zu blöd, Ihnen den Inhalt zu erzählen, es lohnt nicht.«

»Macht nichts«, murmelte Emil.

Und dann verlor er das Bewußtsein.

Stimmen erklangen, drangen allmählich aus dem Nichts, verdichteten sich, kamen näher, immer mehr Stimmen, ineinander verschlungen, schließlich eine Hecke aus Stimmen um ihn. Langsam wurde Emil bewußt, daß er von irgendwoher zurückgekehrt und am Leben war. Er schlug die

Augen auf. Was er vor sich sah, seinem Gesicht bedrängend nahe, war von weichem Gelb, gebauscht, ein wenig nach Kampfer riechend. Gelber Samt, stellte er fest, vielleicht ein Sofakissen. Genau, ein Kissen, in welches wohl sein Kopf gebettet worden war, das Gesicht zur Seite gewandt. Aber wo genau befand er sich jetzt? Wie war er auf ein Sofa mit gelben Kissen geraten?

Und langsam stieg in Emil das Erinnern hoch, langsam und unausweichlich wie Brechreiz, es ähnelte seiner Übelkeit und war ebenso erschrekkend. Er hatte zweifelsohne an Konsul Königs festlicher Abendtafel einen Schwächeanfall erlitten, war vom Sessel gefallen, oder vielleicht mit dem Gesicht in den vollen Teller vor sich. Emil schloß die Augen rasch wieder. Vielleicht hatte ja noch niemand bemerkt, daß er zu sich gekommen war. Nur ja den Körper nicht bewegen, regungslos liegenbleiben, aufhören zu atmen. Am liebsten befände er sich wieder in diesem Nichts von vorhin, in dem Nichtvorhandensein, in das er gestürzt war, mit einem Sturz, den er nicht wahrgenommen hatte. Wenn Sterben sich so anläßt, warum es fürchten? dachte Emil.

»Ich glaube, er ist zu sich gekommen«, hörte er Constanze sagen. Er fühlte die Berührung ihrer Hände an beiden Schläfen, und sie drehte seinen Kopf behutsam zu sich her. Ihm blieb nichts anderes übrig, er mußte jetzt die Lider heben und hochblicken. Sehr nahe über ihm hing Costanzes Antlitz, ihre Augen, die ihn besorgt musterten, erschienen ihm überdimensional groß, zwei türkisgrüne Gewässer zwischen schwarzem Gestrüpp, er konnte diesem Blick nicht ausweichen.

»He«, sagte sie.

»Ja, hallo«, gab er matt zur Antwort, was sonst sollte er sagen. Warum war er hier? Warum war er nicht gestorben? Die Peinlichkeit dieses Erwachens auf einem Sofa in Konsul Königs Salon war unerträglich, ihm fehlte die Kraft, sich ihr zu stellen, er fühlte mit Entsetzen, daß er nahe daran war, in Tränen auszubrechen.

Constanze saß über ihn gebeugt am Rand des Sofas, er fühlte die Wärme ihrer Schenkel. Plötzlich strich sie ihm über die Wangen, als sähe sie ihn tatsächlich weinen.

»Was soll das?« murmelte Emil und wehrte ihre Hand ab. Jetzt habe ich sie beleidigt, dachte er sofort.

Constanze richtete sich auf, und andere Gesichter gerieten in sein Blickfeld, alle ihm zugeneigt, ihn anstarrend wie ein seltenes Insekt.

»Emil, alter Freund«, sagte Konsul König, »was machen Sie denn für Sachen?«

»Tut mir leid«, murmelte Emil und versuchte sich aufzusetzen, »ist mir noch nie passiert.«

»Bleiben Sie doch noch liegen«, sagte Luzia König. Sie lächelte ihm zu, aber dieses Lächeln konnte nicht aus ihrem Gesicht wischen, wie ungehalten sie war. Emil fühlte Luzias Unmut, als schlüge sie ihn. Nichts wie weg, dachte er und rappelte sich hoch.

»Vielleicht sollte man doch die Rettung holen«, meinte eine Stimme aus der hinteren Reihe der Gäste, die um das Sofa standen.

»Nein, wirklich nicht!« rief Emil unter Aufbietung aller ihm verbliebenen Lebenskraft. »Das war nur irgendeine Kreislaufsache, glaubt mir! Ich bin heute vielleicht zu viel geschwommen und gelaufen – vielleicht zu viel für mein hohes Alter!«

Er lachte, als sei ihm ein guter Witz gelungen, aber um ihn herum schien keiner komisch zu finden, was er gesagt hatte. Es brach ein Schweigen aus, das ihn noch mehr peinigte als die halbherzige Besorgnis davor. Constanze stand mit gesenkten Augen neben ihm. Sie schämt sich, die Arme, dachte Emil, diese Situation hier übertrifft aber auch alle bisherigen Beschämungen meines Lebens, wie komme ich nur woandershin? Wie komme ich nur weg?

Er räusperte sich, um die Stille zu durchbrechen, und lachte dann nochmals auf, obwohl ihm dieses Lachen Mühe machte.

»Wollt ihr nicht weiteressen?« sagte er. »Ich hoffe, daß ich nicht zu lange weggetreten war und ihr Luzias köstliche Mahlzeit fortsetzen könnt. Tut es doch, kümmert euch nicht mehr um mich.«

Verlegen lächelnd wurde genickt, ehe die Menschengruppe um Emil sich langsam aufzulösen begann. Wieso schweigen alle so komisch, dachte Emil. Nur Luzia sagte schließlich: »Ja, zurück an den Tisch, meine Lieben, Emil hat recht. Die Brandteigkrapfen sind warmgestellt und können serviert werden, also los.«

Mit schwachen Lauten der Zustimmung begann man ihr zu gehorchen, aber lange und seltsam düstere Blicke trafen Emil, als man an ihm vorbei zum Speisezimmer ging.

Was haben die nur? dachte Emil. Warum benehmen sie sich wie bei einem Begräbnis? Ich bin ja nicht gestorben, nur kurz ohnmächtig gewesen.

Und plötzlich wußte er, was geschehen war.

Constanze stand immer noch mit gesenkten Augen neben ihm.

»Du warst schließlich kurz bewußtlos«, sagte sie leise.

»Und deshalb mußtest du allen von meiner Krankheit erzählen, nicht wahr?«

»Ja«, flüsterte Constanze, »ich konnte doch nicht wissen, daß du –«

»Na bravo«, unterbrach Emil sie.

Sie standen nebeneinander vor dem gelben Sofa, auch die Wände dieses Salons waren gelb tapeziert, die Lampen mit den Seidenschirmen warfen goldenes Licht, sie standen in einer Welt, die leuchtete, als ginge gerade die Sonne unter. Und ihnen beiden ging eindeutig gerade die Sonne unter, das wußte Emil jetzt. Erst hatte Constanzes eifersüchtiger Blick ihn mit Panik erfüllt, und dann war sie auch noch unfähig gewesen, den Mund zu halten. Eindeutig zu viel weibliche Reaktion, zu viel weibliche Anmaßung, immer hatte er sich zurückgezogen, wenn das ausbrach.

Emil trat in die Tür, die Salon und Speisezimmer verband, und bemühte sich, nicht am Türstock Halt zu suchen.

»Ihr versteht sicher, daß ich mich jetzt verabschiede«, sagte er, »aber ich wünsche euch allen noch einen schönen Abend.«

»Tschüs, Emil«, murmelten einige matt, andere nickten nur vage und unfroh in seine Richtung.

Dieses läppische *Tschüs*, wie sich das durchgesetzt hat, dachte Emil, während er an der festlichen Tafel vorbeischwankte, um dieses Speisezimmer, dieses Haus, diese Blicke und dieses Schweigen hinter sich zu lassen. Um auch Constanze, die wie vergoldet, zu Gold erstarrt im Salon stehengeblieben war, hinter sich zu lassen. Egal, ob für immer oder nur für heute, weg von ihr mußte er.

Marie Liebner saß an ihrem Platz, als wäre nichts geschehen, und lächelte ihn an.

»Geht es Ihnen wieder gut?« fragte sie.

»Bin ich Ihnen in den Schoß gefallen?« fragte Emil.

»Nein, Sie sind ganz unauffällig zusammengesackt. Ich dachte zuerst, Sie suchen etwas unter dem Tisch.«

»Was für ein reizender Tischnachbar.«

»Es gibt Schlimmeres.«

»Das sagt man immer, aber ich fand den Abend schlimm genug und mache mich jetzt aus dem Staub.«

»Schade, ohne Ihre kleinen Überraschungen wird es sicher langweilig.«

»Ich hoffe es für Sie.«

Emil lag in der Badewanne, in lauwarmem Wasser, das seinen Körper behutsam kühlte. Er hatte nach Betreten seiner nächtlichen Wohnung sofort den Hahn über der Wanne aufgedreht, dann den Fernsehapparat angestellt, das Rauschen des Wassers und die Stimmen eines Spätfilms vermittelten ihm ein Gefühl von Geborgenheit. Im Ankleidezimmer hatte er sich Anzug, Hemd und Unterwäsche förmlich vom Leib gerissen, so klebrig und von Angstschweiß getränkt empfand er sie. Und jetzt lag er still, den Kopf gegen ein zusammengerolltes Frottiertuch gelehnt, und überließ seine Gliedmaßen den sanften Bewegungen des Wassers. So muß es einem Embryo im Wiegen des Fruchtwassers zu Mute sein, dachte er. Und dann begann er zu weinen.

Er weinte wie ein Kind, schluchzte immer lauter, die Tränen liefen über seine Wangen ins Badewasser, das ihm bis zum Kinn reichte. Und obwohl er sich dessen schämte, tat er nichts dagegen. Wofür oder vor wem sollte er sich denn eigentlich schämen? Diese Frage begann ihn zu beschäftigen, während er haltlos weiterschluchzte. Da war schließlich niemand, kein Mensch, keine Instanz, keine Seele, kein Auge, nichts. Diese Feststellung ließ ihn noch heftiger aufweinen. Obwohl er es doch meist vorzog, allein zu sein, was sollte das jetzt plötzlich, woher dieses bittere Gefühl von Verlassenheit?

Emil setzte sich auf und schaufelte mit beiden Handflächen Wasser gegen sein Gesicht, um die Tränen wegzuspülen. Dann ließ er die Arme sinken und starrte vor sich hin. Ich bin aus dem Gleichgewicht geraten, dachte er, das Wissen um eine

Krankheit tut eben nicht gut. Dabei weiß ich kaum was darüber. Vielleicht sollte ich mich genauer informieren, ich habe mir doch nur im Labor diesen Befund abgeholt, ihn zu Hause geöffnet, ihm Alarmierendes entnommen und mich mit einem baldigen Tod auseinanderzusetzen versucht. Das heißt, auseinandergesetzt habe ich mich damit gar nicht, ich habe es geschluckt. Genau. Einfach runtergeschluckt, ohne viel darüber nachzudenken. Wie diese Löffel voll scheußlich schmeckendem Lebertran, die man mir als Kind aufgezwungen hat und die ich auch brav genommen habe, weil es wohl so sein mußte. Wie ich immer versucht habe, Fakten als Fakten zu nehmen, ohne sie lange zu bedenken, auch wenn sie unangenehm waren. Morgen gehe ich zu meinem Arzt, der mich schließlich zu den Untersuchungen geschickt hat, und lasse mir genau erklären, was mir fehlt. Ja, gleich nach Büroschluß tu ich das, am Morgen, ehe ich zur Arbeit gehe, werde ich mich bei Professor Meixner anmelden.

Emil erhob sich aus dem Badewasser und seifte seinen Körper sorgfältig ein. Äußerlich gesehen fehlte diesem ja nichts, er war schlank und durchtrainiert wie eh und je, nur an Bräune fehlte es ihm zur Zeit ein wenig. Sein Glied fühlte sich weich an, aber trotzdem hatte man etwas in der Hand, auch wenn man es nur wusch. Dessen Größe hatte immer wieder Anlaß zu Komplimenten gegeben, oft mehr und intensiver, als ihm lieb war. Wenn Frauen sein Hinterteil oder seinen Penis zu loben begannen, war ihm das stets unangenehm. Es stand ihnen nicht zu, fand er. Frauen sollten empfinden, sich hingeben, aber nicht auf begehrliche Weise beurteilen und abschätzen. Das war Sache der Männer, fand er.

Er duschte sich ab, die Seife floß davon, zog in milchigen Streifen über seinen Körper. Er ließ das Wasser über Kopf und Gesicht strömen, ohne sich zu bewegen. Er hörte nur das Herabprasseln des Duschstrahls, fühlte nur Dampf und Nässe.

Als er schließlich das Wasser abdrehte und nackt aus der Badewanne stieg, um nach einem Frottiertuch zu greifen, sah er die Gestalt vor sich nur undeutlich, in einem Schleier aus Badedunst. Emil schrie auf, es war ein heller, kindlich klingender Schrei.

»Ich wollte dich nicht erschrecken, entschuldige«, sagte Constanze.

»Hast du aber«, murmelte Emil und wickelte sich schnell in das Badetuch. Sein Herz klopfte, er zitterte ein wenig und hatte das Bedürfnis, sich Constanze jetzt nicht nackt zu zeigen.

»Wozu dieser nächtliche Überfall?« fragte er.

Zwar hatte er Constanze irgendwann einen Wohnungsschlüssel gegeben, »für alle Fälle«, meinten beide, aber sie hatte nie Gebrauch davon gemacht. Bis jetzt. Und warum jetzt? Sie wird sofort sagen, daß sie sich Sorgen um mich gemacht hat, dachte Emil, darauf wette ich.

»Ich habe mir einfach Sorgen um dich gemacht«, sagte Constanze leise.

Gewonnen! dachte Emil.

»Wie du siehst, habe ich gebadet und möchte jetzt ins Bett, sonst nichts. Kein Grund, sich Sorgen zu machen.«

»Du bist mir böse.«

Constanze hatte wieder leise gesprochen und sah ihn dabei nicht an. Er ging an ihr vorbei, ohne zu antworten. Im Ankleidezimmer schlüpfte er in eine bequeme Hose und zog ein T-Shirt über. Im Wohnraum saß Constanze, sie kauerte mit angezogenen Beinen im Sofa und weinte vor sich hin. Emil setzte sich neben sie, immer noch schweigend. Was soll ich sagen? dachte er. Natürlich bin ich ihr irgendwie böse. Aber vor allem geht mir das alles auf die Nerven, wohin ist denn plötzlich ihre Souveränität entschwunden, dieses heulende Bündel Elend ist doch nicht die Constanze, mit der sich's gut sein ließ, so gut, daß sie beinahe etwas wie eine Gefährtin werden konnte. Was ist in sie gefahren?

»Ich bin dir nicht böse«, sagte Emil schließlich, »beruhige dich bitte und laß uns schlafen gehen.«

Constanze hörte zu weinen auf, hob den Kopf und sah ihn mit tränennassen Augen an.

»Ich meine – jeder in sein eigenes Bett«, fügte Emil rasch hinzu.

»Du möchtest, daß ich gehe?«

»Heute ist es besser so, glaub mir.«

»Geht es dir so schlecht?«

»Es geht mir nicht sonderlich gut, ich möchte schlafen. Schließlich habe ich einen Ohnmachtsanfall hinter mir, wie du weißt, und das hat man nicht alle Tage.«

Constanze antwortete nicht und starrte ihn mit feuchten Augen an.

»Was ist?« fragte Emil.

Was hat sie denn jetzt plötzlich, dachte er, warum dieser drohende Blick? Warum geht sie nicht, mit einem der zwischen Paaren üblichen, Nähe abwehrenden Küßchen auf die Wange, lächelnd, unkompliziert, die Türe schließt sich hinter ihr und ich kann fernsehen. Was ist?

»Du liebst sie«, stieß Constanze hervor.

Jetzt starrte Emil sie an.

»Was?«

»Du liebst diese Filmschauspielerin, ich habe euch beobachtet.«

Ich habe es gewußt, dachte Emil, sie war eifersüchtig, bodenlos eifersüchtig. Die kühle, selbstbewußte Constanze ist schließlich auch ins Netz der Eifersucht geraten, gibt es denn wirklich keine Frau, die dem entgeht?

»Ich habe diese Filmschauspielerin, wie du sie nennst, erst gestern kennengelernt«, sagte Emil, »so schnell liebt man nicht, liebe Constanze.«

»Doch!« Sie wurde jetzt laut. »Man liebt nur schnell und sofort, Lieben kann man nicht üben, man tut es oder tut es nicht! Da du mich nicht liebst, mußte es ja bei einer anderen Frau passieren!«

»Und du meinst, es mußte Marie Liebner sein? Weil sie berühmt genug ist, dich abzulösen?«

»Weil sie eine Frau ist, die du so ansiehst, wie du mich nie angesehen hast.«

»Ich habe mich mit ihr unterhalten, sonst nichts.«

»Du bist in sie hineingekrochen!«

»Wie bitte?«

»Ja! Du hättest dich sehen sollen, wie du dich zu ihr hingeneigt hast, und euer inniges Lachen, sowas kennt man doch!«

Mir wird schlecht, dachte Emil, und ich werde wütend.

»Was ist *sowas*?! und wer ist *man*?!«

»Schrei mich nicht an!« schrie Constanze. »*Man* waren alle Leute am Tisch, und *sowas* ist der Beginn einer Liebesgeschichte! Natürlich wird sie mich ablösen, wie du es grade eben so reizend formuliert hast! Soll sie sich doch von nun an um dich kümmern. Hast du ihr auch schon gesagt, wie krank du bist?«

Das geht zu weit, dachte Emil, wohin sind wir denn auf einmal geraten, in welchen Niederungen befinden wir uns, wer ist diese Frau mit den wilden grünen Augen und den Schweißperlen auf der Oberlippe?

»Jetzt siehst du aus wie Elisabeth Taylor –«

»Nicht schon wieder diese Idiotie!« unterbrach ihn Constanze.

»– wie Elisabeth Taylor in *Wer hat Angst vor Virginia Woolfe*, hast du den Film damals gesehen?«

»Nein, dazu bin ich zu jung, damals war ich ein Kleinkind«, erwiderte Constanze, plötzlich wieder ruhig geworden.

Sie saßen schweigend nebeneinander. Gott sei Dank, jetzt ist die Luft raus, dachte Emil, das habe ich mit meiner Bemerkung schließlich auch bezweckt, ich halte Streitereien einfach nicht aus. Was soll ich nur machen, damit sie endlich geht? Mir ist tatsächlich nicht gut, vielleicht muß ich mich übergeben.

»Ist dir nicht gut?« fragte Constanze.

»Was glaubst du?« sagte Emil müde und lehnte sich in das Sofa zurück. Sie soll nichts mehr fragen, sie soll einfach nur gehen, dachte er.

Constanze erhob sich und strich den verknitterten Seidenrock um ihre Hüften glatt. Dann wischte sie mit beiden Händen Tränen und Schminke von ihren Wangen, es war eine kindliche Geste, die Emil ein wenig rührte. Aber er fühlte sich zu matt, dem nachzugeben.

»Ich gehe jetzt«, sagte sie, »tut mir leid. Alles.«

»Schon gut«, murmelte Emil und schloß die Augen, »schlaf gut und mach dir nichts draus, es wird schon wieder.«

»Gute Nacht«, sagte Constanze.

Er hörte, wie ihre Schritte in den hochhackigen Schuhen sich entfernten, und dann das Klikken der Eingangstür, als sie hinter ihr ins Schloß fiel.

Als Emil erwachte, hatte er nur wenige Stunden geschlafen, der erste Schimmer von Morgendämmerung kroch durch die Ritzen der Jalousien. Er jedoch war überfallsartig hellwach geworden, weil die Erinnerungen an die Vorfälle des vergangenen Tages sich in seinen Schlaf gedrängt und dort breitgemacht hatten. Mit einem Schweißausbruch schreckte er hoch, lag dann feucht und schweratmend zwischen den Laken, und sein Herz klopfte, als wolle es zerspringen. In den Parkbäumen waren die ersten schläfrigen Vogelstimmen zu hören, ein zartes Zwitschern über den noch stillen Straßen der Stadt. Emil hatte es immer geliebt, im Halbschlaf und im Wissen, noch nicht aufstehen zu müssen, dem Erwachen der Vögel zu lauschen. Heute erfüllte es ihn mit einer Schwermut, die so bleiern war wie das frühe Licht. Er seufzte, und schon dieses Seufzen bereitete ihm Mühe. Sein nassgeschwitzter Körper wollte sich nicht bewegen, regungslos blieb Emil im Bett liegen, nur die heftigen Schläge seines Herzens erschütterten ihn.

Sterbe ich jetzt? dachte er. Oder sind es etwa nur die Peinlichkeiten von gestern, die mich so aufregen? Das wäre ja ordentlich blöd von mir, was ist denn gestern schon Wildes passiert. Ich habe eine langweilige Einladung durch meinen Ohnmachtsanfall kurz aufgemischt, und später, glaube ich, habe ich innerlich mit Constanze Schluß gemacht. Im Schlußmachen, wenn eine Beziehung mir über den Kopf wächst, habe ich schließlich Routine. Und Constanzes Eifersucht und daß sie hier einfach so auftauchte, wuchs mir eindeutig über den Kopf, das ging schlicht zu weit. Steh jetzt auf, los!

Emil kroch aus dem Bett. Trotz seiner Sportlichkeit schien ihm im Moment nur dieses Kriechen möglich zu sein, obwohl er sich gleichzeitig dafür schämte. Unter der kalten Dusche würde sich alles wieder einrenken, und was er dann dringend bräuchte, wäre ein starker Kaffee, mit diesen Gedanken versuchte er sich zu beruhigen, während er in Richtung Badezimmer taumelte.

Und dann sah er Constanze vor sich am Boden liegen.

Sie lag in der Nähe der Eingangstür auf den Holzdielen des Korridors, der silberne Rock war ihr über die Schenkel hochgerutscht, und das schwarze Haar fiel über ihr seitlich abgewandtes Gesicht und verdeckte es.

Emil klammerte sich am Türstock fest und meinte wieder ohnmächtig zu werden. Was war das? Sie war doch gestern gegangen, er hatte es gehört. Zumindest das Schließen der Tür gehört. Er war todmüde gewesen, hatte Hose und T-Shirt anbehalten und sich ins Bett gelegt, ohne noch etwas anderes zu ersehnen, als rasch und übergangslos einzuschlafen. Constanze war also geblieben oder wiedergekommen. Warum lag sie so da, als wäre sie tot?

»Constanze«, flüsterte Emil, die Stimme gehorchte ihm vorerst nicht. »Constanze!!« schrie er beim zweiten Anlauf, seine Stimme gellte durch die Stille der Wohnung. Emil schwitzte noch mehr und starrte auf Constanze hinunter. Sie regte sich nicht.

Sie ist tot, dachte Emil. Ich müßte mich über sie beugen und schauen, ob sie noch atmet. Ich müßte ihren Puls fühlen. Aber mir graut davor. Mir graut vor allem, was mit Tod zu tun hat. Ich sollte vielleicht die Rettung rufen. Was mache ich, wenn sie sich hier bei mir umgebracht hat? Was mache ich überhaupt hier, was mache ich nur, was ist aus meinem Leben geworden, o Gott, ich wollte doch heute möglichst frisch in der Firma auftauchen, ich muß zur Arbeit, ich träume, ja, das alles ist nur ein Albtraum, ich werde aufwachen und duschen und Kaffee trinken und das Radio aufdrehen und mir die Nachrichten anhören, ich werde weiterleben, alles wird sein wie bisher.

»Du, Rob, ich hab eine Bitte.« Emil versuchte, ruhig zu sprechen, obwohl seine Hand, die das Telephon hielt, zitterte. »Sei so nett und sag in der Firma, daß ich heute leider nicht kommen kann, und ich hätte nur dich am Handy erreicht.«

»Warum das?« Der Graphiker klang erstaunt. »Der Pinker ist in seinem Büro, und auch die Frau Schwaller sitzt an ihrem Tisch. Ist was los mit dir?«

»Ich – mir –«

Was sag ich? dachte Emil. Soll ich ihm jetzt mit meinem Kranksein kommen? Das wollte ich doch entschieden vermeiden, und außerdem weiß ich gar nicht, was genau ich da sagen soll. Ich will nicht krank sein. Ich bin nicht krank.

»Ich bin nicht krank«, sagte Emil, »falls du das meinst. Es ist eine Familienangelegenheit, die mich heute nervt – du weißt sicher, was ich meine –«

Jetzt lachte Robert Hertl auf.

»Eine Weibergeschichte?«

»Ja.«

Eine Weibergeschichte, genau, dachte Emil, in meinem Vorzimmer liegt ein Weib, das entweder tot oder bewußtlos ist, und ich trau mich nicht mehr aus dem Zimmer, um nachzusehen, ich kauere in der Ecke meines Sofas und habe Schüttelfrost vor Angst. Ich werde flüstern, damit Rob es nicht bemerkt.

»Ich möchte jetzt mit keinem reden außer mit dir, Rob«, flüsterte Emil, »die Frau könnte jederzeit weiterbrüllen, einer dieser hysterischen Anfälle, wir haben Schluß gemacht, weißt du –«

»Verstehe«, flüsterte jetzt auch Rob. Daß Leute am Telephon das meist tun, dachte Emil, auch flüstern, wenn man selbst flüstert.

»Danke«, flüsterte Emil weiter, »sag was von Migräne oder so, ja? Wir sehen uns morgen.«

»Mach ich«, flüsterte Rob, »und laß dir von dieser Migräne nicht zu viel gefallen!«

Er kicherte leise, ehe er auflegte.

Emil jedoch hielt das Handy weiterhin umklammert, ohne es abzuschalten. Seine Hände waren feucht, aber er brachte nicht fertig, es loszulassen, ihm war, als würde er mit diesem kleinen Gerät auch die letzte Verbindung loslassen, die ihn ans Leben knüpfte. Er hatte das deutliche Gefühl, sich am Rande eines Abgrundes zu befinden und jederzeit abstürzen zu können. Ja, es war so, das Telephon loslassen und die Tür zum Vorzimmer öffnen, das hieß Absturz, hieß Finsternis und ewige Verdammnis. Was tu ich mit einer toten Geliebten in meiner Wohnung? dachte er. Die Rettung rufen? oder die Polizei? – Nein!! Nicht die Polizei, er hatte ja niemanden getötet, hier handelte es sich um Selbstmord, falls überhaupt eine Tote vor seiner Eingangstür liegen sollte.

Er hatte es nicht fertiggebracht, Constanzes Puls zu fühlen oder nachzusehen, ob sie noch atmete. Er war geflohen, hatte die Tür hinter sich zugeknallt und in der Sofaecke Schutz gesucht.

Wie ein kleiner Bub kauere ich da, dachte Emil, die Beine an mich gezogen, das Kinn auf meine Knie gepreßt. Und ich weine wieder. Ich heule wie ein Baby. Warum ist dieses Weichei aus mir geworden? Ein nicht ganz rosiger medizinischer Befund und die Eifersucht einer für cool gehaltenen Freundin können das doch nicht hervorgerufen haben. Und sogar dem Umstand, eine Leiche im Nebenzimmer liegen zu haben, wäre ich früher mit mehr Kaltblütigkeit begegnet.

Emil strich mit der freien Hand die Haare aus der Stirn und stellte fest, daß sie klatschnaß waren. Was sollte dieses heftige Transpirieren, war er doch früher immer so stolz darauf gewesen, auch bei äußerster sportlicher Anstrengung nie unmäßig zu schwitzen. Um ihn die triefenden, miefenden Männer, und er nur ein klein wenig abdampfend, hauchzarter Glanz auf seiner Haut, als wäre er frisch gebadet. Ich mag es, daß du in keiner Situation unappetitlich wirkst, hatte Constanze einmal zu ihm gesagt.

Constanze.

Das Handy glitt aus Emils feuchter Hand und knallte auf den Boden. Er schrak zusammen, als sei ein Schuß gefallen, sein Herz klopfte wie wild. Ich muß mich hochrappeln, dachte Emil, ich muß nachsehen, was mit Constanze los ist, so geht es nicht weiter. Es gilt, sich dieser Situation zu stellen, diesmal muß es sein. Diesmal kann ich nicht einfach abhauen, wie ich es bei meiner sterbenden Mutter tat. Und wie ich es, ehrlich gesagt, auch bei Constanze täte, läge sie nicht tot hier in meiner Wohnung. Sicher ist sie tot. Wäre sie nicht tot, hätte ich etwas von ihr gehört, ein Stöhnen oder so. Oder sie wäre aufgestanden und zu mir gekommen. Aber vielleicht ist sie noch nicht gestorben, befindet sich jedoch im Koma und stirbt, wenn ich mich nicht endlich um sie kümmere. Mein Gott, was für Scherereien diese Frau mir macht.

Unter den Parkbäumen dröhnte Autolärm und drang zu seinen Fenstern herauf, längst war die Stadt zum Leben erwacht. Ja, es waren diese morgendlichen Geräusche tätigen Lebens, zu denen er sich stets mit einer kindlichen Vorfreude hinabgesellt hatte, hinab zu seinem eigenen Auto, das, wie ihm schien, still und schläfrig zwischen den anderen Wagen stand und das er dann mit einem satten Aufheulen des Motors wachrief und aus der Garage herausschnellen ließ. Nach der wohligen Stille der Morgendämmerung, den sanften Vogelstimmen, hatte er auch die erwachende Stadt und ihr Lärmen geliebt. Alles an meinem Leben habe ich geliebt, dachte Emil, ich hatte ein gutes Leben, warum nur ist es so aus den Fugen geraten?

Immer noch hockte er da und lauschte auf die Wellen des Straßenverkehrs, die zu ihm hochschlugen und ihn heute nicht erreichen und zu sich holen konnten. Er blieb davon ausgeschlossen, er war verbannt auf eine Insel aus Entsetzen, Angst und Schweiß, ein bedrohliches Eiland, von dem er früher nichts geahnt hatte. Gleich trifft mich der Schlag, dachte Emil, ich muß aufstehen und durchatmen, ich muß.

Mühsam krabbelte er hoch, benützte dabei beide Arme und Beine, einem Käfer ähnlich. Dann versuchte er seinen Körper zu strecken, bis er schließlich aufrecht neben dem Sofa stand, mit hängenden Armen und einem Gefühl unsäglicher Schwäche. Also, atme durch, befahl Emil sich, atme durch und dann los! Was sein muß, muß sein, alte Devise. Keine Müdigkeit vorschützen, zweite alte Devise. Gott, war das schön, als diese alten Devisen noch Lappalien galten.

Emil zitterte, als er nach einigen tiefen Atemzügen langsam zur Vorzimmertür ging. Ich zittere wie ein Weib, dachte er, die Furcht macht mich weibisch, ich bin kein Mann mehr, sondern ein flennendes Waschweib, unerträglich ist das. Also, öffne jetzt diese vermaledeite Tür und schau dir die Misere an, schau dir an, was da beim Wohnungseingang am Boden liegt, eine Tote oder eine im Koma. Los! Emil umschloß die Türklinke, er fühlte die Kühle des Messings, und das tat seiner heißen, feuchten Hand wohl. Los, befahl er sich nochmals. Weiter, mach schon! Ruh dich nicht auf der Klinke aus, drück sie runter, öffne endlich diese blöde Tür! Ihm war, als müsse er sich davor hüten, wieder in eine Ohnmacht zu entgleiten. Kommt nicht in Frage, sagte er sich, benimm dich zur Abwechslung mal wieder wie ein Mann. Den Blick starr vorausgewandt, stieß Emil schließlich die Tür auf.

Das Vorzimmer war leer.

Emil verharrte regungslos und glotzte die glänzend polierten Holzdielen an. Seine Aufräumefrau war eine gründliche Person, sie putzte und pflegte seine Böden mit Hingabe, und zwar so, daß man darauf essen könnte. Jedenfalls sagte sie das immer, daß Böden in einer Wohnung so sein sollten, daß man auf ihnen essen könnte. Emil kam nicht auf die Idee, je auf dem Boden zu essen, aber jetzt starrte er ihn an, als wäre Constanze an Ort und Stelle vom gefräßigen Holz verschlungen worden. Nichts deutete darauf hin, daß sie je hier gelegen war.

Vielleicht kotzt sie ja ins Klo, dachte Emil plötzlich, und dieser Gedanke brachte übergangslos wieder Leben in seinen Körper. Er schlitterte auf bloßen Füßen zum Badezimmer und riß die Tür auf. Nichts. Eilig öffnete er die Abtrennungen aus Milchglas, die sich vor der Toilette und dem Bad befanden. Dahinter wieder nichts. Kein

Anzeichen, daß Constanze das Badezimmer benützt hatte. Sie möchte mich wohl in den Wahnsinn treiben, dachte Emil, liegt vorerst da wie ein Leichnam, spielt mir offensichtlich etwas vor und stiehlt sich dann heimlich davon!

Ohne sich zu beeilen, schaute Emil in sein Ankleidezimmer, das ebenfalls leer war. Kopfschüttelnd und nur, um sich zu vergewissern, schritt er die ganze Wohnung ab, ehe er wieder in das Sofa sank und sich dort ausstreckte. Ich werde ein bißchen schlafen, dachte er, und dann weiterdenken. Darüber nachdenken, was ich als nächstes tun soll. Constanze anrufen, oder sie ab nun vergessen und mich nie mehr bei ihr melden. Letzteres wäre mir eindeutig lieber, nach allem, was geschah. Und Professor Meixner wollte ich heute nach dem Büro aufsuchen und ihn fragen, was mir wirklich fehlt. Was dieser Laborbefund denn genau bedeutet. Ich werde ein bißchen schlafen, dann in der Ordination anrufen und mir einen Termin geben lassen. Genau, das werde ich tun. Das Büro schwänze ich heute, denn das mit der Weibergeschichte war weiß Gott keine Lüge. Mehr Geschichten, als Constanze heute nacht gemacht hat, bringt kaum eine andere fertig. Ich hätte nie im Leben angenommen, daß sie, gerade sie, derart verrückt sein kann. Frauen sind eben verrückt, jede auf ihre Art, es wird nur mehr oder weniger sichtbar. Jedenfalls nie mehr eine Frau, die mir nahe kommt! Nie mehr lasse ich das zu.

Emil zog die Kaschmirdecke, die über der Sofalehne lag, zu sich und wickelte sich ein. Er rollte seinen Körper zur Seite und verbarg das Gesicht in der Polsterung. Ihm schien, als sei er plötzlich vor der Welt und all ihrem Ungemach geschützt, weil er nichts mehr von ihr sah. Es war still, nur ferner Straßenlärm drang in die Wohnung. Er würde jetzt ein bißchen schlafen, Constanze war ja nicht gestorben, sie hatte ihn schlicht gequält, in dieser Art eben, wie Frauen einen quälen können, bis aufs Blut, wenn sie wollen. Erst einmal schlafen. Und dann ganz normal weiterleben. Emil fühlte, wie ihn tiefes Behagen durchdrang, lange nicht mehr hatte er sich so durchwärmt gefühlt wie jetzt, da er, eingewickelt wie ein Säugling, im Begriff war einzuschlafen. Bilder einer sanften Landschaft zogen durch seine Seele, falls das seine Seele war, in der die erwachenden Traumbilder Eingang fanden. Er lief sich selbst davon in dieser Landschaft, auf erlösende Weise konnte er sich hinter sich zurücklassen und leicht wie eine Feder in einen unermeßlichen Raum davonschweben und frei sein. Frei sein. Diese beiden Worte konnten seine Gedanken noch sehnsüchtig formulieren, ehe sie vom Schlaf aufgesogen wurden.

Er wußte vorerst nicht, woher diese scharrenden Klänge kamen, die ihn in die Welt zurückrissen. Mein Gott, hab ich grade herrlich geschlafen, dachte Emil, als er sich unwillig aufsetzte und langsam aus der Decke zu schälen begann. Ich hätte mein Handy abstellen sollen, ehe ich mich entschlossen habe einzuschlafen. Was für ein scheußliches Geräusch.

Als er sich bückte und das Handy aufheben wollte, durchfuhr ihn siedendheiß die Frage, ob das bereits wieder Constanze war, voll am Leben und voll der Vorwürfe und Anklagen. Im Schlaf hatte er sie vergessen, er hatte tief geschlafen und gleichzeitig in einem Hauch von Wachzustand das Gefühl genossen, mit allen Scherereien nichts mehr zu tun zu haben, ihnen wohlig entglitten zu sein. Jetzt aber gab das Handy unerbittlich seine quälenden Signale, er hob es schließlich hoch, als müsse er ein giftiges Tier berühren, und starrte angstvoll auf die Anzeige – Nein!! es war nicht Constanzes Nummer, dem Himmel sei Dank, dachte er. Es war die Nummer eines ihm unbekannten Anrufers.

»Windhacker«, meldete er sich.

»Hier ist Marie Liebner«, antwortete die unverwechselbare Stimme.

»Ja was sagt man denn dazu!«

Emil gelang nur dieser Ausruf, um seiner Überraschung Ausdruck zu verleihen. Werde ja nicht wieder zum Tölpel bei dieser Frau, mahnte er sich und fügte rasch hinzu: »Da freue ich mich aber sehr. Und was verschafft mir die Ehre Ihres Anrufs?«

»Erstens ist das keine Ehre, wenn ich anrufe«, antwortete Marie Liebner, »und zweitens wollte ich nur wissen, ob es Ihnen wieder besser geht. Luzia hat mir Ihre Nummer gegeben, ich hoffe, das macht Ihnen nichts aus.«

»Im Gegenteil«, sagte Emil.

»Und? Wie geht es Ihnen?«

»Wie soll's mir schon gehen, wenn ich Ihre Stimme höre! Wunderbar natürlich.«

»Könnten Sie sich diesen Schmus sparen und mir eine vernünftige Antwort geben?«

Emil sah sie vor sich, er sah diese Falte zwischen Marie Liebners Brauen entstehen, die er schon mehrmals wahrgenommen hatte, wenn etwas sie unangenehm berührte.

»Sie haben recht, ich rede Schmus«, sagte er. »Es geht mir zwar besser als zu dem Zeitpunkt, als ich neben Ihnen in Ohnmacht fiel, aber es geht mir nicht allzu gut.«

»Was fehlt Ihnen?«

Da Marie Liebner ihre Frage so ohne Umschweife und sogar mit einer gewissen Strenge gestellt hatte, schwieg Emil. Ja, was fehlt mir?

dachte er. Wie oft habe ich mich selbst das schon gefragt, ohne aber nach einer Antwort zu suchen. Wer weiß, ob ich darauf überhaupt je antworten möchte. Ich glaube, ich möchte nicht einmal darüber nachdenken, was mir fehlt, ich möchte schlicht und einfach wieder der alte sein.

»Hallo«, sagte Marie Liebner.

»Ich bin da«, antwortete Emil, »ich hab nur kurz darüber nachgedacht, was mir wohl fehlen könnte. Ich weiß es nicht, liebe Marie.«

Ich hab' sie Marie genannt, dachte Emil, das war viel zu vertraulich, aber es ist mir herausgerutscht, ich konnte nicht anders.

»Die Marie ist mir so herausgerutscht, entschuldigen Sie«, sagte Emil.

»Ist ja mein Name«, erwiderte sie, »kein Grund, sich zu entschuldigen, lieber Emil.«

Schön, wie sie Emil sagt, mit diesem langen e, dachte Emil, das gibt meinem Namen etwas Exklusives, so, als wäre er aus der weiten Welt angeflogen gekommen und mir nicht nur verabreicht worden, weil mein Vater eben auch schon so hieß.

»Wenn Sie Emil sagen, mag ich meinen Namen auf einmal.«

»Freut mich«, sagte Marie Liebner, »aber ich habe Sie nicht angerufen, um Emil zu Ihnen zu sagen. Ich will wissen, wie es Ihnen geht und was

Ihnen fehlt, schließlich sind Sie neben mir zusammengesackt. Ich bin nicht mitgegangen, als man Sie zum Sofa in den Salon schleppte, aber Ihre Freundin hat dort irgend etwas geflüstert, das ich nicht mitgekriegt habe. Und es gab hinterher dieses gewisse Schweigen, das immer zu entstehen pflegt, wenn Leute Angst vor dem eigenen Schicksal bekommen. Keiner am Tisch hat noch irgend etwas zu Ihrer Person und zu Ihrer Ohnmacht gesagt, das hat mich geärgert. Ich werde ihn selber fragen, ganz direkt, habe ich mir vorgenommen. Und das tu ich jetzt, deshalb habe ich angerufen.«

»Constanze hat übertrieben«, sagte Emil.

»Constanze? Ihre Freundin?«

»Meine Bekannte.«

Er vernahm ein Schnauben, Marie Liebner schien wieder einmal etwas zu ärgern. Wie schnell sie sauer wird, dachte Emil. Und gnadenlos läßt sie es einen auch immer sofort wissen, gleich wird sie mich rügen. »Ist doch egal!« Marie Liebners Stimme war laut geworden, na bitte, dachte Emil. »Ihr Männer mit euren Distanzierungsversuchen könnt einem auf die Nerven gehen! Ob Freundin oder Bekannte, jedenfalls ist Constanze wohl der Name der Frau, in deren Begleitung Sie waren. Und inwiefern hat sie übertrieben?«

Ich muß mich doch nicht ausfragen lassen, als

stünde ich vor Gericht, dachte Emil, das geht eindeutig zu weit.

»Ich lasse mich nicht gern in dieser Weise ausfragen«, sagte er.

Eine Pause entstand, die Emil nutzte, das Handy in die andere Hand zu nehmen und ans andere Ohr zu legen. Gleichzeitig rieb er die feuchte Handfläche, mit der er es umklammert hatte, an seiner Hose trocken.

»Entschuldigung«, sagte Marie Liebner, und danach schwieg sie wieder.

»Hallo«, sagte Emil.

»Ich bin da«, antwortete sie, »aber ich schäme mich.«

»Sie?«

»Ja, ich. Warum erstaunt Sie das?«

»Ich kann mir nicht vorstellen, daß Sie sich je schämen.«

»Ich tu es viel öfter, als Sie sich vorstellen können.«

»Sich schämen?«

»Ja. Mein Beruf bringt das mit sich, wenn ein Mensch wie ich ihn ausübt.«

»Ein Mensch wie Sie?«

»Nun ja, ein scheuer Mensch eben. Einer, der sich schnell schämt.«

»Den Eindruck haben Sie auf mich bisher nicht gemacht.«

»Gut zu wissen, ich arbeite daran.«

»Woran?«

»Nicht diesen Eindruck zu machen.«

Sie schwiegen beide wieder. Am Telephon zu schweigen, hat etwas Unzulässiges, dachte Emil, es gehört sich, daß man am Telephon redet, eine Wortbrücke schlägt. Wenn nicht, gerät das Raunen des Universums dazwischen.

»Sind Sie noch da?« fragte er.

»Ja«, sagte sie, »aber ich werde mich jetzt verabschieden und Sie in Ruhe lassen.«

»Ich glaube, ich habe Leukämie«, sagte Emil.

Das Universum raunte, Marie Liebner schwieg.

»Sind Sie noch da?« fragte Emil wieder.

Warum schweigt sie so bedeutungsvoll, dachte er, so, als hätte sie etwas Schreckliches vernommen? Das stört mich.

»Was heißt, Sie glauben?« fragte Marie Liebner.

Sie bemüht sich um einen sachlichen Tonfall, dachte Emil, es hat sie Zeit gekostet, die anfängliche Bestürzung zu überwinden, sie nicht in den Klang ihrer Stimme geraten zu lassen. Und jetzt diese nebensächliche Frage.

»Ich habe den Befund erhalten, aber mit meinem Arzt noch nichts Näheres besprochen.«

»Das sollten Sie aber tun«, sagte Marie Liebner.

Wieder diese Strenge, dachte Emil, als spräche sie zu einem Kind. Als ob ich nicht selbst wüßte, daß ich das tun sollte, heute hätte ich es getan, wenn Constanzes makabrer Schein-Tod mir nicht dazwischen gekommen wäre.

»Es ist sicher nicht so arg«, sagte Emil.

»Wer sagt Ihnen das?«

Marie Liebner schnaubte noch um einiges heftiger als zuvor ins Telephon.

»Was regt Sie denn so auf, Marie?« fragte Emil. »Lassen Sie diese Krankheit doch bitte meine Sache sein, reden wir einfach nicht mehr darüber.«

»Das kann ich nicht.« Ihre Stimme klang jetzt in keiner Weise mehr sachlich, und sie sprach viel zu laut. Sie spricht wie eine aufgeregte Frau in einem Film sprechen würde, dachte Emil. »Wie können Sie nur so nachlässig mit sich selbst umgehen! Nicht zum Spezialisten gehen, glauben, Leukämie könne nicht so arg sein, Sie machen mich wirklich wütend, Emil! Merken Sie denn nicht, daß Sie die Krankheit einfach verdrängen und glauben, dadurch löse sie sich wieder in Luft auf? Ich habe Sie schon einmal am Wegrand liegen sehen, als wären Sie tot, und dann sind Sie bei einer Essenseinladung neben mir sang- und klanglos in Ohnmacht gefallen. Das kann doch nicht nur mir zu denken geben, das muß doch auch Sie bewegen, etwas zu unternehmen!«

»Was bilden Sie sich eigentlich ein!!« Jetzt schrie Emil in sein Handy, ihm war plötzlich egal, ob der Frau das Trommelfell platzen würde, er zitterte vor Wut. »Was glauben Sie, was mich die ganze Zeit über bereits *bewegt* hat?! Haben Sie schon mal ganz nebenbei erfahren, daß Sie voraussichtlich tödlich erkrankt sind? Und danach versucht, wieder Boden unter die Füße zu kriegen?! Egal, ob ich dabei etwas verdränge oder nicht, ich muß damit fertig werden, und Sie geht die Sache nicht das geringste an!«

Emil stockte und wischte sich mit der freien Hand die Schweißtropfen von der Stirn. Ich rege mich zu sehr auf, dachte er, das bringt doch nichts. Nach einem tiefen Atemzug sprach er ruhiger weiter.

»Es war sehr freundlich von Ihnen, daß Sie sich nach meinem Ergehen erkundigt haben, aber jetzt lassen Sie mich bitte in Frieden. Ich kann Hinweise wie die Ihren in meinem Zustand schlicht nicht gebrauchen, wie Sie gehört haben, regt es mich nur auf. Verzeihen Sie meine Schreierei und leben Sie wohl.«

Er wollte nichts anderes, als dieses Gespräch beenden, sein Finger lag schon auf der Aus-Taste, aber Marie Liebner rief rasch, noch in seine Worte hinein: »Nein! Legen Sie bitte nicht auf!«

»Warum denn nicht?«

Emils Frage klang müde, er selbst hörte es. Ja, ich bin dieses Telephonats müde, dachte er. Daß Frauen einfach nicht locker lassen können, wenn sie an etwas dran sind. Abwimmeln, rasch!

»Was hätten wir zwei uns denn heute noch Hübsches zu sagen, liebe Marie?«

»Es muß doch nicht immer hübsch sein, was man einander zu sagen hat.«

Prima, sie belehrt mich schon wieder, dachte Emil, das nervt. Diese Filmschauspielerin gefiel mir doch so gut, weil alles an ihr verhalten und distanziert war, und jetzt quengelt sie herum und läßt mir keine Ruhe. Müssen Frauen einen immer wieder enttäuschen?

»Was ich Ihnen zu sagen habe«, fuhr Marie Liebner fort, »ist nicht hübsch, aber notwendig. Ich bin selbst sehr krank, es sieht aus, als würde ich nicht mehr allzu lange leben. Ich würde Sie das nicht wissen lassen, wenn Sie sich zuvor nicht aufgeregt hätten, weil meine Dringlichkeit Sie verärgert hat. Was heißt Dringlichkeit – meine Wut! Ich bin wütend geworden über das Leben und was es mit uns anstellt, es tut mit leid.«

Emil wußte nicht, was er jetzt antworten sollte, außerdem war ihm ein wenig übel geworden. Die Frau ist krank wie ich, wer hätte das angenommen, dachte er, und da brülle ich sie an. Aber mir fällt nichts ein, was ich dazu sagen könnte, außer auch:

Es tut mir leid. Was treiben die Ereignisse zur Zeit nur für Spielchen mit mir. Constanze spielt mir vor, sie sei gestorben, weil sie auf eine Frau eifersüchtig ist, und genau diese Frau ist dann tatsächlich sterbenskrank, oder sagt es zumindest.

»Es tut mir auch leid«, sagte Emil schließlich. »Auch meine Wut vorhin tut mir leid, aber ich konnte ja nicht ahnen –«

»Nein, das konnten Sie wirklich nicht«, unterbrach ihn Marie Liebner, und ihre Stimme klang wieder ruhig.

»Und sind Sie sicher, daß –?«

Emil brachte es nicht fertig, die Frage zu Ende zu stellen, ich kann einfach nicht fragen, ob sie sicher bald sterben wird, dachte er. Was sind das nur für Absurditäten, in die ich da geraten bin?

»Ich bin mir dessen natürlich nicht sicher«, antwortete Marie Liebner, »ich glaube, keiner bringt es fertig, sich seines baldigen Todes sicher zu sein. Aber ich muß damit rechnen.«

»Warum? Was haben Sie denn?«

»Leukämie«, sagte Marie Liebner.

»Nein!!«

Emil lachte schrill auf. Dann hielt er sich die Hand vor den Mund. Wie kann ich dabei nur lachen, dachte er, aber ich muß lachen. Wie peinlich, mir ist ganz nach einem Lachkrampf zumute.

»Lachen Sie nur«, sagte Marie Liebner.

»Ich möchte nicht lachen«, sagte Emil, »aber ich kann nicht anders – verzeihen Sie mir bitte – Ihre Antwort kam wirklich überraschend, wer ist auf so etwas gefaßt –«

»Ja, wer ist auf so etwas gefaßt?«

Marie Liebners ruhige Wiederholung seines Satzes brachte Emils Gekicher abrupt zum Stillstand. Ich bin ein Trottel, dachte er.

»Ich bin ein Trottel«, sagte Emil, »aber als mir meine Mutter mitgeteilt hat, daß mein Vater gestorben sei, da habe ich auch so blöd gelacht. Ich war damals sechs Jahre alt, und sie hat mir eine Ohrfeige gegeben.«

»Ich bin zwar noch nicht gestorben wie Ihr Vater«, sagte Marie Liebner, »aber wir lachen oft, wenn uns etwas fassungslos macht. Ich würde Ihnen keine Ohrfeige geben.«

»Danke«, sagte Emil.

Sie schwiegen.

»Ich ertrage es nur schwer, wenn man am Telephon zu schweigen beginnt«, sagte Marie Liebner. Sie auch! dachte Emil. »Deshalb sage ich Ihnen jetzt Lebwohl. Gehen Sie aber bitte rasch zum Arzt, verschlampen Sie die Sache nicht. Und lassen Sie von sich hören.«

»Tu ich«, sagte Emil, »und alles Gute.«

Jetzt lachte Marie Liebner leise auf.

»Ihnen auch«, sagte sie. »Klingt lustig, wenn

wir zwei uns alles Gute wünschen, aber sei's drum. Noch leben wir.«

Und sie legte auf.

Emil blieb in vorgebeugter Haltung sitzen und starrte auf den Teppich zu seinen Füßen. Es war ein hübscher, kleiner Teppich, in den Vogelmotive eingewebt waren, er hatte ihn damals in Kenia gekauft, bei einem fliegenden Händler, der am Strand vorbeispazierte. Dieser riesige Sandstrand am Indischen Ozean, es war gerade Ebbe, überall standen Salzseen, und weiße Rinder zogen vorbei. Das Meer war schön in diesen zwei Wochen Urlaub, dachte Emil, aber die zwei Wochen dauerten trotzdem zu lange. Zu lange, um Nacht für Nacht im Hotel Sindbad in Malindi das Zimmer mit einer Gelegenheitsfreundin zu teilen, deren Name mir kaum noch einfällt. Nach der Zeit in Malindi sahen wir einander nie wieder, besser, ich wäre allein hingefahren. Aber warum überlege ich mir das gerade jetzt, Jahre später? Nur weil ich diesen Teppich anstarre? Oder weil ich mir nicht überlegen will, was ich vorhin erfahren habe? Daß gerade Marie Liebner so krank sein muß und wir beide uns noch dazu ein und dieselbe Krankheit teilen, das ist eine Ironie des Schicksals, der ich einfach nicht zustimmen kann. Das ist Scheiße.

Es war laut in dem kleinen Bistro, wie immer war es gut besucht, und die Leute sprachen wild durcheinander. Was heißt sprechen, eher wirkt es, als würden sie aufeinander einbrüllen, dachte Emil, während er seinen Schinken-Käse-Toast verzehrte. Er saß da, als wäre er in diesem Getümmel nicht wirklich anwesend, ihm war gelungen, sich in eine Glocke aus Schweigen zurückzuziehen, um Constanze in aller Ruhe und ohne Aufregung zu begegnen. Kurz nach seinem Telephonat mit Marie Liebner hatte sie sich bei ihm gemeldet und sofort Erklärungen abzugeben versucht. »Laß das jetzt«, hatte er sie schnell unterbrochen, »treffen wir uns lieber im Bistro unten, ich hab noch nichts gegessen und Hunger, komm doch dort kurz vorbei.« – »Gut.« Sie legte schnell auf.

Wie beschämt, kleinlaut und unsicher sie am Telephon gewesen war, dachte Emil, auch etwas, das er früher an ihr nicht gekannt hatte. Hoffentlich würde sie ihm jetzt gefaßter gegenübertreten, hoffentlich wieder ein wenig als die Constanze, die er zu kennen gemeint hatte. Emil war bewußt, daß er mit weiblicher Unsicherheit nur schlecht umgehen konnte. Wenn es darauf ankam, eine Frau in irgendeiner Form zu trösten oder zu beruhigen, fehlten ihm meist die Worte. Mehr noch:

fehlte ihm der Antrieb, die Bereitschaft. Es ödete ihn an.

Aber diesmal würde er sich alle Mühe geben, würde er versuchen, verständnisvoll zu erscheinen. Das war unerläßlich, um die Trennung von Constanze ohne Aufruhr und mit Milde zu bewerkstelligen. Und von ihr trennen wollte er sich, lieber heute als morgen wollte er das, und je schneller, desto lieber. Ihrer beider Verabredung im Gewühl eines frequentierten Lokals war von ihm mit zielsicherem Instinkt getroffen worden, fand Emil jetzt, während er den letzten Bissen Toast in den Mund schob. Hier fehlte für eine gesellschaftsbewußte, gut erzogene Frau wie Constanze die Möglichkeit zu ausufernder Tragik, hier würde sie sich beherrschen müssen. Nach dem kurzen Telephonat mit ihr hatte er sich energisch erhoben, ausgiebig geduscht und sich angekleidet. Und jetzt schmeckte ihm sogar der langweilige Toast erstaunlich gut, den er zu einer großen Tasse Milchkaffee bestellt hatte. Er wollte gerade den Arm heben, den Kellner rufen und beides neuerlich erbitten, als er Constanze das Bistro betreten sah.

Sie war weniger auffallend geschminkt als sonst, nicht nur ihr Teint, auch das Grün ihrer Augen wirkte blaß. Sie sieht nicht gut aus, dachte Emil, und selten ging sie in Jeans und Pullover in ein Lokal. Ihre Sucht, sich stets sorgfältig zurechtzumachen, hatte er einmal spöttisch kommentiert, und sie hatte hoheitsvoll »Schlamperei ist eines zivilisierten Menschen nicht würdig darauf« erwidert. Und ihm gefiel dieser Satz, ihm gefiel ihre Eitelkeit, ihr Hochmut, ihre Kühle. Jetzt aber kam ein unglücklich aussehendes Mädchen auf ihn zu, die türkisgrünen Augen wirkten nackt ohne den schwarzen Kranz dicht getuschter Wimpern und waren verweint.

»Hallo«, sagte Emil in möglichst munterem Ton, »heute siehst du aus wie ein kleines Mädchen, wirklich unglaublich jung.«

Frauen mögen das doch immer, dachte Emil, während er Constanze beobachtete, ein Hinweis auf jugendliches Aussehen kommt meist auch bei jüngeren Frauen gut an, ich hoffe also auch bei ihr. Was ist? Warum reagiert sie nicht?

Constanze setzte sich schweigend zu ihm an den kleinen Tisch und sah ihn nicht an. Sie hatte nichts bei sich, keine Umhängetasche, kein Halstuch, der Pullover war ausgeleiert. Sie hat sich kostümiert, dachte Emil, sie hat sich in das Kostüm eines betrogenen, liebeskranken Backfischs geworfen, es macht mich wütend, daß sie das tut, ich muß mich zusammennehmen, sonst schreie ich sie an.

»Warst du joggen?« fragte er.

Jetzt hob sie den Blick.

»Wieso?«

»Weil du so – so leger gekleidet bist.«

»Ich scheiße darauf, wie ich gekleidet bin«, sagte sie laut, und ein Mann am Nebentisch drehte sich erstaunt nach ihr um. Aha, sie will provozieren, dachte Emil, nichts mehr mit beschämten Ausreden wie zuvor am Telephon.

»Mir ist es ja auch egal«, antwortete Emil betont leise, »es war nur sonst nicht deine Art, das ist alles.«

Ihre Augen füllten sich mit Tränen. Um Gottes willen, dachte Emil, nicht jetzt schon, wir haben unsere Unterredung noch nicht einmal begonnen. Ich glaube, ich muß unser Gespräch in Schwung bringen, damit wir die Sache endlich klären können.

»Was war, Constanze? War dir nachts schlecht, warst du ohnmächtig, oder was war los?«

Ich frage viel zu aggressiv, bin wieder einmal nicht behutsam, dachte Emil, behutsam, immer wieder dieses Wort, wenn Frauen mir vorwarfen, was ich nicht kann, daß ich eben nicht behutsam sein könne, und jetzt bin ich es wieder nicht.

»Verzeih, Constanze, aber ich möchte wissen, was für ein Spiel du mit mir getrieben hast, ich mußte ja denken, dir sei etwas Fürchterliches passiert, warum das Ganze?«

Emil hatte sich bemüht, leise und sanft weiterzufragen.

»Das war kein Spiel, du hättest mich in deinem Vorzimmer glatt verrecken lassen«, antwortete Constanze, gottlob ebenfalls mit leiser Stimme, während die Tränen ihr jetzt langsam über die Wangen flossen. »Du hast keinen Arzt oder die Rettung gerufen, nichts hast du getan, dich nur im Zimmer verschanzt und mich dort liegen lassen, wo ich lag.«

»Aber warum bist du dort gelegen? Wenn dir nichts gefehlt hat?«

»Du hast mir gefehlt.«

»Wie bitte?«

Nicht schreien, nicht laut werden, dachte Emil, bitte reiß dich zusammen, sonst bringst du sie nur in Fahrt.

»Ich wollte nicht gehen, ich wollte bei dir bleiben!« brach es wie befürchtet aus Constanze. »Ich habe mich einfach vor die Tür gelegt und bin eingeschlafen. Wie ein Hund bin ich in deinem Vorzimmer am Fußboden gelegen, aber als du mich dort gesehen hast, bist du nur erschrocken, sonst nichts, keinen Finger hast du gerührt, mir in irgendeiner Weise beizustehen, mich vielleicht hochzuziehen und zu umarmen, nichts, kein Zeichen von Zuneigung, geschweige denn von Liebe, du bist der kaltherzigste Mensch, der mir je begegnet ist, dabei dachte ich, wir hätten eine vernünftige und liebevolle Beziehung, aber jetzt, seit du krank bist –«

»Laß meine Krankheit aus dem Spiel!« Jetzt brüllte Emil. »Mit der bist du genügend hausieren gegangen, allen mußtest du auf die Nase binden, wie arm und krank ich bin!«

»Du warst ohnmächtig – bewußtlos – etwas mußte ich doch sagen!«

»Wer hat dich gezwungen? Vielleicht war es nur deine blödsinnige Eifersucht, die dich gezwungen hat, mich vor den Leuten als Krankheitskrüppel zu deklarieren? Damit du als liebende Krankenschwester dastehst?«

»Deine Schauspielerin hat sich ja keinen Deut um dich geschert, als du neben ihr zusammengekracht bist, die ist einfach sitzen geblieben!«

Die Gäste um uns herum sind so laut, daß unser Geschrei nicht allzu sehr auffällt, dachte Emil. Da sitzen wir uns gegenüber, mit vor Haß glühenden Augen, und das alles soll etwas mit Liebe zu tun haben. Nein, danke, nicht mit mir.

»Meine Schauspielerin hat nicht das geringste mit mir zu tun, warum sollte sie nicht einfach sitzenbleiben«, sagte Emil, ruhiger geworden. »Was ist mit dir los, Constanze? Du warst für mich eine Frau, die nicht klammert, die auch ihr eigenes

Leben leben will, und auf einmal gebärdest du dich als unglücklich Verliebte.«

»Ich gebärde mich? So nennst du das, wenn ein Mensch neben dir in Not ist?«

Constanze starrte ihn mit tränennassen Augen an, die einen Ausdruck von Fassungslosigkeit vermittelten, der Emil verunsicherte. Ist sie in Not? fragte er sich. Und wenn – was habe ich denn mit dieser angeblichen Not zu tun? Was hat der Begriff In-Not-Sein bei uns beiden überhaupt verloren? Wir haben oder hatten ein Verhältnis miteinander, das uns gefiel, und damit hat es sich. Oder meint sie vielleicht mich und meine Krankheit?

»Wer, bitte, ist in Not, Constanze? Wen meinst du damit? Etwa dich selbst? Oder unnötigerweise mich, der ich trotz der drohenden Krankheitskeule über mir verweigere, in Not zu sein und Hilfe zu beanspruchen?«

Constanzes Blick wurde noch starrer, ihre Tränen schienen zu versiegen. Dann schüttelte sie plötzlich den Kopf, als ekle sie vor dem, was sie vor Augen hatte, also ihm, Emil.

»Du verstehst nichts«, stieß sie dann hervor, »überhaupt nichts. Du bist wie alle Männer, und das hätte ich von dir nicht gedacht.«

»Warum, bitte, soll ich nicht wie alle Männer sein, da ich schließlich einer bin?! Ich flehe dich an, Constanze, komm du mir jetzt nicht auch mit diesen weiblichen Sätzen, die man – ja, Mann!! – nicht mehr hören kann. Immer dieser Hinweis, man verstünde nichts. Als ob Frauen immer alles verstehen würden. Als ob nicht gerade Frauen so selbstbezogen sein können, daß daneben nichts mehr Platz hat, geschweige denn das Verständnis für den Mann an ihrer Seite. Etwa das Verständnis dafür, daß der bei gewissen Gefühlskapriolen einfach passen muß!«

»Gefühlskapriolen!« wiederholte Constanze flüsternd.

Die Verachtung, mit der sie Emil ansah, schien die Luft zwischen ihnen zu zerschneiden und drang wie ein Messer auf ihn ein. Was für eine Verwandlung mit einer Frau geschehen kann, ist immer wieder nicht zu fassen, dachte Emil, einen Blick dieser Art hätte ich Constanze nie zugetraut.

»Was ist denn so schlimm an diesem Wort?« fragte er. »Eine kluge Frau wie du kann doch nicht ernst meinen, was seit gestern mit uns passiert, dieses Getue kann doch nur aus dem Wunsch nach einer Kapriole, nach einer künstlichen Aufwallung entstehen. Bist du so, wie du jetzt bist, vielleicht nur, weil dir unsere ruhige Gemeinsamkeit bereits langweilig war? Sei doch ehrlich. Ist es nicht so?«

Wenn sie jetzt ja sagen würde, wäre die Sache geritzt, dachte Emil, dann könnten wir unser Techtelmechtel in beiderseitigem Einverständnis beenden, aber so einfach wird's wohl nicht gehen. Wann geht bei Frauen schon irgend etwas einfach.

»Was geschah, ist kein Getue, Emil, und ich habe alles ernst gemeint«, sagte Constanze, immer noch flüsternd, so, als fehle ihr mittlerweile die Kraft, laut zu sprechen. »Seit ich weiß, daß du Leukämie hast, bin ich meinen Gefühlen für dich auf den Grund gegangen und habe dabei entdeckt, daß ich dich tiefer liebe als von mir selbst angenommen.«

Wußt' ich's doch! dachte Emil. Klarerweise war es ein schwerer Fehler, ihr davon zu erzählen. Wenn man weibliches Mitgefühl erweckt, erweckt man sofort von den Toten, was bereits verstorben war. Habe ich doch aufgehört, Liebhaberinnen auch nur von meiner etwas vertrackten Kindheit zu erzählen, weil das bei Frauen sofort diesen weichen, mitfühlenden Blick erzeugt, der sich um einen legt wie ein Netz. Und wenn in der sanften Erregung des Mitleidens auch noch längst erloschene Leidenschaften wieder wachgerufen werden, wird das Ganze zur Plage, nur mit einem Rundumschlag kann man sich dann befreien. Oder indem man stillschweigend verschwindet.

»Du schweigst?«

Constanze stellte auch diese Frage flüsternd, und ihre Augen wurden wieder naß.

»Was, bitte, soll ich dazu sagen?«

Emil fiel nichts anderes ein, als ihr diese ehrliche, aber wieder in keiner Weise behutsame Antwort zu geben. Sicher ganz falsch! dachte er sofort. Und wie angenommen brach Constanze wieder in Tränen aus und flüsterte nicht mehr, als sie weitersprach. Sie schrie auf ihn ein.

»Da gebe ich mich dir preis, indem ich über meine Liebe zu dir spreche, und du weißt nicht einmal, was du dazu sagen sollst. Merkst du nicht, wie sehr du mich demütigst?«

Einige Köpfe wandten sich ihnen zu und Emil schwieg. Was sind das nur für Fragen? dachte er. Solche Fragen stellt man doch nicht, was soll der andere auf so etwas antworten, mit solchen Fragen demütigt man doch nur sich selbst.

»Hast du mich eigentlich je geliebt?« stieß Constanze hervor, während ihr die Tränen über die Wangen liefen. Die hat gerade noch gefehlt, dachte Emil, diese Superfrage war ja noch ausständig, keine meiner Liebschaften kam je ohne sie aus. Ich muß antworten. Ich muß jetzt möglichst durchdacht antworten, um sowohl diese Diskussion als auch unsere Geschichte zu beenden.

Emil beugte sich über den Tisch, ganz nah zu Constanzes tränennassem Gesicht hin, sah ihr tief in die verweinten Augen und sprach dann sanft, aber bestimmt auf sie ein. Sanft, aber bestimmt, das hat immer noch am besten gewirkt, dachte er.

»Natürlich habe ich dich geliebt, auf meine Weise und inwieweit ich es überhaupt kann, habe ich dich geliebt, Constanze. Aber laß uns jetzt mit beiderseitigem Einverständnis und friedlich Schluß machen, ehe alles uns quälend auseinandertreibt. Ich muß mich um meine Krankheit kümmern, versuchen, sie wieder los zu werden, und du bist eine so schöne, kluge Frau, du verdienst einen Mann, der dir zu Füßen liegt. Du weißt, daß ich so einer nie gewesen wäre, auch ohne Leukämie nicht, und ich weiß seit gestern, daß du eine unbedingte Liebe suchst, daß du die gelassene, in keiner Weise besitzergreifende Geliebte im Grunde genommen nie gewesen bist, daß du sie mir vorgespielt hast, um mir –«

»Ich hab dir nie etwas vorgespielt!« warf Constanze aufgebracht dazwischen, ihr blasses Gesicht, so nahe dem seinen, hatte sich plötzlich gerötet. Jetzt ist sie zornig und beschämt, gut so, dachte Emil.

»Sicher warst du nie unehrlich, das meine ich damit nicht, aber du bist auf etwas eingegangen, das nicht wirklich deinem Wesen entsprach.«

»Ich dachte, es würde sich eines Tages ändern zwischen uns«, sagte Constanze kleinlaut. Jetzt hab' ich sie! frohlockte Emil.

»Das ist es, genau das«, er nahm ihre Hände in die seinen und ließ den Blick beschwörend und mit großer Milde auf ihrem geröteten, verwirrten Gesicht ruhen, »du bist von falschen Voraussetzungen ausgegangen, und es war mein Fehler, dir diese nicht entschiedener auszureden. Verzeih mir, Liebste.«

Ja, ich sage jetzt, gerade jetzt Liebste zu ihr, dachte Emil, mehrmals schon, bei schwierigen Trennungsmanövern, habe ich das quasi zum Abschied getan, und es war immer von Vorteil. Eine Frau, die man loswerden möchte, noch ein letztes Mal Liebste zu nennen, scheint dem Vergangenen einen Anstrich von Wert und Bedeutung zu geben, und Frauen brauchen das. Schau, schau, auch bei Constanze hat es gut gewirkt, auch ihr Blick wird weich. Soll ich weiterreden oder sie jetzt etwas sagen lassen? überlegte Emil, während er eine zartfühlende und möglichst behutsame Miene zur Schau trug. Du bist schon gekonnt hinterhältig, wenn's drauf ankommt, lieber Emil, dachte er gleichzeitig, aber er dachte es, ohne sich Vorwürfe zu machen. Es ging nur so. Die weiblichen Gefühlswelten verweigern schonungslose Ehrlichkeit, wenn man Frieden will, muß man lügen, eine sich wiederholende Erfahrung, seit er mit Frauen zu tun hatte.

»Ach was, ich habe dir nichts zu verzeihen.« Gottlob, Constanze ergriff jetzt das Wort, ihre

Stimme klang ebenfalls weich, und die Sätze strömten hervor, ohne daß sie laut wurde. »Im Gegenteil, du mußt mir verzeihen. Heute nacht war ich wirklich nicht bei Verstand, ich weiß selbst nicht mehr, warum ich so ein Theater veranstaltet habe. Nachdem du gegangen bist, habe ich bei Königs den Wein in mich hineingeschüttet – und plötzlich mußte ich dir nach – mußte zu dir in deine Wohnung – das war nicht richtig, ich weiß – ich wollte mir wohl beweisen, daß ich das kann – einfach bei dir auftauchen und dich zur Rede stellen. Und ich habe so sehr gehofft, du würdest mich beschwichtigen und mich bitten zu bleiben – und dann, nach deiner Abfuhr, schaffte ich es einfach nicht, wegzugehen, und blieb vor deiner Tür liegen – weil ich betrunken war, schlief ich ein – und dann tat ich so, als wäre ich bewußtlos, und es hat mich diebisch gefreut, daß du erschrocken bist und meinen Namen geschrien hast – aber dann bist du verschwunden, nichts ist passiert – irgendwann bin ich davongeschlichen – es war die schrecklichste Nacht meines Lebens, und ich schäme mich nachträglich so sehr – weil es im Grunde nicht meine Art ist, mich so zu benehmen, mein Leben lang habe ich sowas nicht getan – ach, Emil, ich wünschte, ich könnte diesen Abend und diese Nacht ungeschehen machen und zwischen uns wäre alles wie zuvor. Wir waren doch –«

»Wir waren am Ende, Constanze!« unterbrach Emil sie. Nur nicht wieder einlenken, dachte er, um Himmels willen, keine Fortsetzung zulassen, jetzt lieber brutal sein. »Daß ich krank geworden bin, hat vielleicht neue Gefühle in dir erweckt, aber die haben letztlich nichts mit uns beiden, nichts mit unserer Beziehung zu tun, die herrlich kühl und ausgewogen war. Jetzt hat sie ihre Balance verloren, das spürst du doch auch. Laß uns vernünftig sein, Constanze, ich bitte dich. Ich muß zu Professor Meixner, muß mich auf mich selbst konzentrieren, vielleicht in die Klinik, was weiß ich. Und ich möchte das alles alleine erledigen, verstehst du? Ich möchte – ich möchte jetzt ungebunden scin!«

Constanze starrte ihn an und schwieg. Um sie beide lärmte immer noch das dicht besuchte Lokal, das Schweigen zwischen ihnen schien sich auszubreiten. Ein See, in dem wir glatt versinken könnten, dachte Emil, also dagegenrudern.

»He!« rief er, »nicht so schauen, Constanze! Nicht wieder tragisch werden, ich bitte dich. Die Sache ist in keiner Weise tragisch, wir bleiben gute Freunde, und du wirst einen Liebhaber finden, mit dem es nicht so öde ist wie mit mir! Komm, schau mich nicht so an, laß uns lieber ein Glas Prosecco bestellen und auf das alles anstoßen, ja?«

»Nein«, sagte Constanze, »ich stoße auf nichts mehr mit dir an, ich gehe jetzt.«

Sie wollte aufstehen, aber Emil hielt sie fest.

»Nicht so, sei nicht plötzlich wieder so feindlich!«

»Ich kann jetzt nicht freundlich sein, vielleicht später einmal, jetzt muß ich einfach von hier weggehen. Leb wohl.«

Constanze löste ihre Hände aus den seinen und erhob sich mit einem Ruck. Sie sah noch einmal auf ihn herunter, mit einem Blick, der Emil seiner Schmerzlichkeit wegen unbehaglich war. Aber ehe er dieses Unbehagen mit einer scherzhaften Bemerkung wieder vertreiben konnte, wandte Constanze sich ab, drängte sich eilig und indem sie Leute anrempelte, zwischen den vollbesetzten Tischen hindurch und verließ das Bistro, als würde sie gejagt. Emil schaute ihr nach, bis die Tür des Lokals hinter ihr zuschlug.

Weg ist sie, dachte er, und wo bleibt jetzt meine Erleichterung? Das unbehagliche Gefühl, einem Menschen etwas angetan zu haben, wollte ihn nicht verlassen, der Ausdruck, mit dem Constanze auf ihn herabgesehen hatte, stand ihm vor Augen, als wäre er in seine Netzhaut gebrannt worden.

Emil winkte den Kellner herbei und bestellte ein Glas Prosecco. Trinke ich eben alleine und stoße mit mir selber auf die erfolgreich errungene Trennung an. Mit diesem Gedanken versuchte er seine Stimmung zu heben. Ich habe Constanze nichts angetan, sagte er sich, im Gegenteil, ich habe sie von mir befreit. Ich kann mich nicht liebeshungrig und schwülstig geben, konnte es noch nie, auch bei blendender Gesundheit und in guter psychischer Verfassung war ich nie ein amouröser Liebhaber, nie so einer, wie Frauen es sich erträumen. Wie kann einer, der an die vielzitierte große Liebe nicht im geringsten glaubt, auf Dauer so tun, als hätte sie ihn erfasst? Anfänglich vielleicht, solange man die Frau ins Bett bekommen möchte und dieses Neuland, der neue, unbekannte Körper, das noch fremde Wesen, einen erregt, kann man solche Empfindungen als Liebessturm präsentieren, ohne sich grauenhaft verlogen zu fühlen. Aber dieser Sturm legt sich immer rasch und immer endgültig.

Emil seufzte auf, als der Kellner den Prosecco vor ihn hinstellte. »Ist was?« fragte der. »Nein, nein, alles okay«, antwortete Emil, hob das Glas und trank es in einem Zug leer. Als er danach verhalten rülpste und das Glas wieder abstellte, fiel ihm Professor Meixner ein.

Warum nicht gleich heute zu ihm? dachte er. Warum es nicht probieren, ihn anrufen, vielleicht hat er zufällig einen Termin frei, vielleicht ist das heute der Tag, wieder Ordnung in mein Leben zu bringen und es neu anzugehen? Also los!

Emil zog sein Handy aus der Hosentasche, und obwohl Stimmengewirr und Geschirrklappern ihn umgaben, wählte er die Nummer Professor Meixners, die er längst eingespeichert, aber noch nicht benutzt hatte.

»Meixner«, meldete sich der Arzt, es klang flüchtig und nebenbei, er schien beschäftigt zu sein. Emil hatte erwartet, daß er vorerst an eine Ordinationshilfe oder Sekretärin geraten würde, auf Anhieb die Stimme des Professors zu hören, verwirrte ihn.

»Hier Emil Windhacker«, sagte er schließlich und ärgerte sich zugleich über seine unsichere Stimme, »ich wollte nur fragen – verzeihen Sie, ich weiß, es ist sehr kurzfristig – ob Sie vielleicht heute noch Zeit für mich hätten –?!«

»Sie haben Glück, ich habe«, sagte der Arzt, »aber Sie müssen schnell kommen, ein Patient ist ausgefallen. Geht es in zwanzig Minuten?«

»Natürlich, danke«, sagte Emil rasch, und in der Arztpraxis wurde das Telephon wortlos aufgelegt.

Es dämmerte bereits, und eine Wanduhr tickte laut. Oder war sie so laut zu hören, weil es im Wartezimmer, in dem er alleine saß, ungewöhnlich still war? Still wie in einem Grab, dachte Emil. Obwohl ihm klar war, daß in Gräbern keine Uhren ticken und dieser Gedanke auch sonst in keiner Weise Originalität bewies, konnte er nicht vermeiden, ihn zu denken.

Emil schien der letzte Patient des heutigen Tages zu sein. Aufrecht und ohne sich anzulehnen saß er als einziger in einem der leuchtend bunt tapezierten Sitzmöbel, die niedrige, mit Zeitschriften bedeckte Tische umstanden. Eine Blondine in schlichtem, weißem Kittel, dessen Ausschnitt jedoch raffiniert Einblick in den Ansatz junger, blühender Brüste bot, hatte ihn empfangen, ihn ins Wartezimmer geleitet, ihn gebeten, noch ein Weilchen Platz zu nehmen, und dann das Licht angedreht. »Es wird jetzt schon wieder viel früher dunkel – tja, der Herbst.« Lächelnd und mit einem tiefen Blick in seine Richtung hatte sie das gesagt und sich dann mit wiegenden Schritten in den Empfangsraum zurückbegeben.

Was sollte dieser Blick? Meinte sie mit ihrer Anspielung auf den Herbst vielleicht ihn, Emil? Diese Frage konnte er nicht sofort abschütteln, als er ihr hinterhergesehen und dann noch eine Weile auf die geschlossene Tür gestarrt hatte. Schließlich jedoch verwarf er sie als törichte Nebensächlichkeit, gemessen an all den Fragen des heutigen Tages und an der auf ihn zukommenden Konsultation. Aber selbstverständlich gab es bei Professor Meixner eine Ordinationshilfe, wohl nur zufällig hatte dieser zuvor selbst abgehoben. Und daß sie auch noch ausnehmend hübsch war, paßte durchaus zum Designer-Mobiliar und der unübersehbar teuren Ausstattung der ganzen Praxis. Der Gute scheint mächtig zu verdienen, dachte Emil.

Es war ihm gelungen, die Befunde aus der Wohnung, den Wagen aus der Garage zu holen, dann durch die halbe Stadt hierher zu rasen, und das Ganze tatsächlich in zwanzig Minuten zu schaffen. Er war außer Atem gewesen, als er im Wartezimmer Platz genommen hatte, aber mittlerweile saß er ruhig da, äußerlich war ihm nichts an Erregung anzusehen. Nur sein Herz klopfte nach wie vor so heftig, daß es seinen Körper im Innersten zu erschüttern schien. Ich habe Angst, dachte Emil, schlichte, scheußliche Angst. Was wird der Arzt mir sagen? Wie sehr werde ich mein Leben nicht mehr in gewohnter Weise weiterführen können, wohin, in welches Spital, in welche Therapien und Hinfälligkeiten wird es mich verschlagen? Ob ich wohl die Arbeit bei Pinker aufgeben muß? Was tu ich ohne zu arbeiten, ohne Sport, ohne Gesellschaft, wie werde ich Schmerzen verkraften, mit meinen Ohnmachtsanfällen und Schweißausbrüchen umgehen, einem drohenden Tod entgegensehen?

Emil lehnte sich zurück, schloß die Augen, öffnete leicht den Mund und atmete langsam und bewußt aus. Du bist ein Feigling, beschimpfte er sich, ein Weichei, eine Memme, oder wie immer man dich sonst noch abfällig benennen könnte. Jedenfalls kein Mann. Ein Mann benimmt sich nicht so, ein Mann benimmt sich anders. Ich weiß zwar nicht genau, warum das so ist, aber es ist so. Ich habe immer mit dieser Überzeugung gelebt, ich darf sie jetzt nicht aufgeben. Gerade jetzt muß ich mich als Mann fühlen, gerade jetzt ist das für mich lebensnotwendig, ich weiß es, ich spüre es. Stark sein heißt Mann sein. Also sei ein Mann, Emil, ich bitte dich.

Das Ticken der Uhr schien immer lauter und bedrohlicher zu werden, die Stille um ihn her immer beklemmender. Was tut der Professor nur so lange mit dem Patienten, der gerade dran ist, dachte Emil, und warum hört man kein Sterbenswörtchen durch die Tür des Behandlungsraumes? Nichts dringt heraus, auch von der Vorzimmerdame kein Laut, eine Stimmung, als wären alle tot. Das kann ich jetzt am wenigsten brauchen, diese Stille und Reglosigkeit, in der ich den Schlag meines Herzens fast so laut höre wie das Ticken dieser blödsinnigen Uhr. Ich möchte endlich drankommen und erfahren, was tatsächlich los ist mit mir.

Emil betrachtete das Kuvert, das er auf seinem Schoß liegen hatte und das seine Befunde enthielt. Leben oder Tod, alles in diesem nichtssagenden Kuvert. Ein paar Blätter Papier, darauf Worte und Zeichen, die völlig ausgereicht hatten, ihn in Panik zu versetzen. Wenn es ihm gelungen wäre, hätte er die ganze Sache danach am liebsten wieder verdrängt und vergessen. Aber es war ihm nicht gelungen.

Dieses Kuvert auf seinen Knien schien immer schwerer zu werden, er starrte es an, während gleichzeitig das Ticken der Wanduhr sich zu einer Art Dröhnen steigerte. Emil fühlte, wie ihm Hitze in den Kopf stieg, wie seine Herzschläge die Brust zu sprengen schienen, o Gott, ich werde wieder ohnmächtig, dachte er.

»Kommen Sie herein?«

Professor Meixners Stimme holte Emil von dort zurück, wohin er abzugleiten drohte. Blitzartig schwanden seine angsterregenden Körperzustände, er konnte nicken, aufstehen und dem Arzt ins Behandlungszimmer folgen. Er hatte sein Erscheinen nicht wahrgenommen, die Tür mußte geräuschlos geöffnet worden sein, aber der große, grauhaarige Mann im flüchtig umgelegten weißen Kittel strahlte diese gewisse, wunderbare, männliche Sachlichkeit aus, die er, Emil, so sehr liebte und benötigte. Sofort war ihm wohler.

»Nehmen Sie doch bitte Platz«, sagte der Arzt, als er sich hinter seinen Schreibtisch aus weißem Lack und Edelstahl setzte. Das hypermoderne Möbel sollte sichtlich medizinisch-wissenschaftliche Kühle vermitteln und tat das auch. Alles um den Professor vermittelte Kühle. Emil kam sich vor wie aus dem Dreck gezogen und in reines, kaltes Wasser geworfen. Er setzte sich und schaute in die eisgrauen Augen des Arztes, die ihn ruhig musterten. Tut der mir gut, dachte Emil, kein Getue, keine Unsicherheit, sicher beherrscht der Mann sein Handwerk, das fühlt man sofort. Diese Ruhe und Klarheit überträgt sich, ich bin völlig ruhig jetzt.

»Also?« fragte der Arzt.

»Wie –?«

Emil wußte plötzlich nicht, welche Antwort der Arzt erwartete, seltsam verwirrt glotzte er ihn an.

»Ihre Befunde wollten Sie mir doch bringen, oder? Damit ich sie mir endlich ansehe, und spät genug, lieber Herr Windhacker. Sie sind sicher in dem Kuvert, das Sie nicht loslassen wollen, habe ich recht?«

»Ach so – ja, genau –«

Emil sah, daß er tatsächlich das Kuvert mit beiden Händen umklammert hielt, und versuchte laut aufzulachen, als er es dem Arzt übergab.

»Mein Todesurteil, darum!« sagte er dann forsch. Es sollte ein Scherz sein, der jedoch nicht sonderlich gelang, denn ein kurzer Blick streifte ihn.

»Aber, aber«, sagte der Arzt und öffnete den Umschlag.

Stille herrschte, während er Blatt um Blatt schweigend entfaltete und aufmerksam studierte. In diesem Raum gab es nicht einmal das Ticken einer Uhr, kein Geräusch von irgendwoher, nur Emils Herz schlug laut.

Jetzt fürchte ich mich wieder, dachte er, vorbei mit Ruhe und Klarheit, vorbei mit diesem kurzen Augenblick, in dem ich meinte, mir könne vor den Augen des Arztes nichts geschehen. Immer kann etwas geschehen, und niemand kann aufhalten, was geschieht. Wie konnte ich nur fünf Jahrzehnte lang so leben, als gäbe es keine Bedrohung für mich, als wäre ich dadurch geschützt, daß ich ich bin. Wie einfältig diese Annahme war. Und wie herrlich andererseits. Wie glatt mein Leben verlief, solange ich das annehmen konnte. Annehmen konnte, unsterblich zu sein. Das heißt, so weit dachte ich ja gar nicht. An Unsterblichkeit dachte ich nicht. Nur ein Leben unter unveränderten, all meinen Bedürfnissen wohlgesonnenen Bedingungen schien mir sicher zu sein. An mehr dachte ich nicht. An nichts dachte ich im speziellen. Ich dachte einfach nicht nach. Wie konnte ich nur leben, ohne nachzudenken.

Professor Meixner räusperte sich.

»Herr Windhacker –«, sagte er dann, sprach aber nicht weiter.

»Ja?«

Emil starrte in das Gesicht des Arztes, der ihn jetzt nicht ansah, sondern den Blick weiterhin auf die Papiere gesenkt hielt.

»Das hier ist nicht schön, tut mir leid«, sagte er.

»Wieso?« fragte Emil schnell. Eine heiße Welle schlug von innen her gegen seine Brust.

»Nun ja«, fuhr der Arzt fort, »als Sie zu mir kamen, hielt ich Ihre Beschwerden eher für eine psychosomatische und altersbedingte Reduziertheit, ich schickte Sie zu den Untersuchungen eigentlich nur, um sicherzugehen.«

»Ja, und?«

»Und jetzt bin ich ehrlich gesagt bestürzt.«

»Warum?«

»Weil –« Professor Meixner räusperte sich. »Herr Windhacker, ich will aufrichtig sein, alles andere würde Ihnen nicht helfen, und ich bin auch in Ihrem Fall zur Ehrlichkeit verpflichtet. Wie gesagt, es tut mir sehr leid. Aber Sie haben Leukämie. Und zwar in aggressiver Form.«

Emil schaute den Arzt weiterhin unverwandt an, als müsse aus dessen Augen, die ihn jetzt wieder musterten, aus dessen Mund, der jetzt wieder schwieg, noch etwas anderes auf ihn zukommen als die Worte, die er eben vernommen hatte. Ein Licht. Ein Lachen. Ein Widerruf. Ja, jemand müßte jetzt doch rufen: Hereingefallen! Alles nicht wahr! So etwas konnte doch nicht wahr sein. Nicht bei ihm, Emil! So etwas geschieht anderen, aber doch nicht ihm!

»Herr Windhacker –?«

Professor Meixner hatte sich vorgebeugt und schaute Emil forschend an.

»Eine – aggressive Leukämie?«

Emil hörte selbst, daß seine Stimme bei dieser Frage so klang, als hätte er sie eben verloren und könne nur mühsam Worte hervorstoßen.

»Ja, leider.«

»Also sterbe ich.«

Der Arzt fuhr sich mit beiden Händen durch das Haar, seufzte kurz auf und lehnte sich in seinem Sessel zurück.

»Ganz so würde ich das nicht sagen«, sagte er dann.

»Wie würden Sie mir dann sagen, was mir blüht?!«

Emil wurde wütend. Statt der heißen Wellen, die in seinem Körper getobt hatten, beherrschte ihn plötzlich kalte Wut. Ja, er fror. Und er hatte geschrien, den Arzt angeschrien. Der jedoch blieb ruhig. Natürlich, dachte Emil, er muß schließlich dauernd jemandem erklären, ob und wann er verrecken wird, und sich dabei allerhand Gezeter und Geschrei anhören, das gehört bei ihm zur Tagesroutine, nehme ich an. Aber bei mir dann bitte keine Ausweichmanöver! Ganz so ist es denn doch nicht, lieber Herr Windhacker, daß Sie demnächst abkratzen werden, diese Scheiß-Sätze kann er sich bei mir dann auch sparen.

»Wir müssen sofort mit den Gegenmaßnahmen beginnen, je eher, desto besser«, sagte Professor Meixner, während er die Befunde nochmals zur Hand nahm, »und zwar nicht ambulant. Ich möchte Sie gern heute noch in der onkologischen Abteilung meiner Klinik wissen, zu hoffen ist nur, daß ein Bett frei ist.«

»Heute noch?« murmelte Emil.

»Es wäre sinnvoll«, sagte der Arzt.

Sinnvoll! In Emil stieg die kalte Wut wieder hoch. Was hat denn jetzt noch Sinn? Ich habe Blutkrebs, und zwar einen so aggressiven, daß er mich rasch wegputzen wird, ich will nichts mehr davon hören, etwas sei jetzt noch sinnvoll, was plappert der Kerl da nur!

»Wie alt sind Sie?« fragte der Arzt, ehe Emil ihn neuerlich anschreien konnte.

»Wie bitte?«

»Ich wüßte gern Ihr Geburtsdatum.«

»Steht das nicht da drinnen?«

»Ja, eben. Da drinnen steht eines, demzufolge Sie jetzt dreiundsiebzig sein müßten.«

»Ich bin fünfzig vorbei!« schrie Emil.

»Keine Aufregung, ich glaube es Ihnen ja«, sagte der Arzt, ohne von den Papieren aufzusehen.

»Wie können die im Labor einfach ein falsches Alter angeben!« schrie Emil weiter. Es war ihm unmöglich, nicht weiterzuschreien. Am liebsten hätte er mit einem einzigen Schrei die Welt gespalten und sich selbst und alles rundum ins Nichts geworfen, nur um das, was er jetzt leben mußte, nicht erleben zu müssen.

»Das frage ich mich auch«, sagte der Arzt.

»Falsche Angaben zu meiner Person!« schrie Emil. »Diese Wichser! Schreiben mir ein falsches Alter in den Befund! Was sind das für Leute dort!!«

»Herr Windhacker, bitte!« herrschte der Arzt ihn an. »Sie heißen doch Windhacker?«

»Natürlich! Was soll das denn jetzt wieder!!«

»Ich ersuche Sie höflichst, nicht mehr zu schreien, sondern genau zu antworten. Hier steht klipp und klar der Name *Emil Windhammer*. Sind Sie das, ja oder nein?«

»Nein! Ich heiße Windhacker, zum Teufel noch mal!«

»Dann ist das hier der falsche Befund.«

»Was?«

Emil starrte den Arzt mit weit aufgerissenen Augen an.

»Eindeutig. Der Befund hier ist nicht der Ihre.«

»Das hier – das mit der aggressiven Leukämie – gilt nicht mir?«

»Nein.«

Emil saß da, ohne sich zu bewegen. Was ist passiert? dachte er. Vielleicht träume ich. Wird jetzt tatsächlich widerrufen, was mir angedroht worden war, oder nimmt mich jemand auf die Schaufel? Mir ist ganz schlecht, und ich glaube, ich kann mich nie mehr rühren. So ein Hin und Her ist zu viel für mich, diese verdammten Mediziner bringen einen um mit ihren Spielchen, man kann ja vielleicht auch daran sterben. Ich will Bescheid wissen!

»Aber was fehlt mir? Es geht mir doch nicht gut, irgend etwas muß mir doch fehlen?«

Professor Meixner bündelte in aller Seelenruhe die einzelnen Blätter des Laborbefundes und schob sie ins Kuvert zurück. Der hat vielleicht Nerven, dachte Emil, aber ihm kann ja auch egal sein, was ein Patient so durchmachen muß, ihm selbst geht es ja nicht an den Kragen dabei.

»Wir werden die Sache wiederholen müssen«, sagte der Arzt. »Ich will gar nicht wissen, wohin Ihr alter Befund geraten ist, wir machen das neu.«

»Ich gehe nie mehr in dieses Verbrecherlabor«, fauchte Emil.

»Ich kann Sie auch woanders hinschicken«, gab der Arzt ruhig zur Antwort. »Und letztlich bin ich überzeugt, daß meine Annahme richtig war und Ihnen nichts Gravierendes fehlt.«

»Aber ich bin bei einer Essenseinladung am Tisch in Ohnmacht gefallen!« rief Emil. »Ich wurde beim Spazierengehen so müde, daß ich mich setzen mußte und neben dem Weg eingeschlafen bin! Mir bricht ständig der Schweiß aus! Ich fühle mich saumäßig schlecht, Herr Doktor!«

»Zu einer Frau würde man sagen: halb so schlimm, nur die Menopause.«

»Ich bin aber keine Frau!«

Emil fühlte, daß er sich aufregte. Die Kühle und Undurchdringlichkeit von Professor Meixner, die ihn zu Beginn angenehm berührt hatte, ging ihm jetzt auf die Nerven.

»Das ist mir schon klar«, sagte der Arzt, »aber Männer können auf ihre Art auch in die Wechseljahre kommen.«

»Auf ihre Art?«

»Nun ja, nicht so offensichtlich, nicht so definitiv organisch bedingt.«

»Blödsinn«, sagte Emil. Trottel! dachte er.

Die eisgrauen Augen des Arztes sahen ihn ungerührt an, er schien nicht locker lassen zu wollen.

»Sie sind über fünfzig«, sagte er.

»Na und?« Emil fuhr hoch, als hätte man ihn gebissen. »Ich habe immer einigermaßen gesund gelebt und regelmäßig Sport betrieben, mein Körper war bis vor kurzem vollfit, keine Spur von Alterserscheinungen. Da muß etwas anderes passiert sein.«

Jetzt lächelte der Arzt, es geschah zum ersten Mal während der Konsultation. Ein Lächeln, ja, aber ohne jede Herzlichkeit, dachte Emil, pure Ironie, sonst nichts. Der Mann tut so, als ginge ihn selbst das alles nichts an, dabei ist er älter als ich.

»Ich glaube fast«, sagte Professor Meixner lächelnd, »daß Sie lieber an Ihrer Leukämie festhalten wollen, als sich Ihr Älterwerden einzugestehen.«

Emil schwieg. Ist das so? dachte er. Fällt mir schwer, meine fünfzig Jahre zu akzeptieren? Bin ich deshalb nach diesem Geburtstag zusammengeklappt? Wurde mir deshalb so elend, daß ich Professor Meixner aufsuchen mußte?

»Ich habe nie an mein Alter gedacht«, sagte Emil.

»Das heißt nicht, daß Sie nicht unbewußt damit gerungen haben.«

Der Arzt lächelte nicht mehr, sondern sah ihn ernst an.

»Unbewußt –«, murmelte Emil und schnitt eine Grimasse.

»Ja, ich weiß«, der Arzt nickte, »ich weiß, daß einem solche Worte mittlerweile lästig sind, weil jeder sie zu jeder Zeit im Munde führt. Aber wie sonst kann ich Ihnen begreiflich machen, daß Sie meiner Meinung nach mit dem Problem des Alterns ringen, obwohl, oder gerade weil Sie darüber nicht nachdenken. Nicht nachdenken wollen.«

»Und im übrigen halten Sie mich für gesund?«

»Wie gesagt, wir müssen die Tests wiederholen. Aber so, wie ich Sie da vor mir sitzen sehe, glaube ich an keine ernsthafte Erkrankung.«

»Wie können Sie so sicher sein?«

»Ich bin mir nicht absolut sicher, Herr Windhacker, aber Jahrzehnte als Arzt schaffen denn doch Erfahrungswerte.«

Emil seufzte auf.

»Sind Sie denn kein bißchen erleichtert darüber, daß dieser – ich möchte im Nachhinein sagen: tödliche Befund ein Irrtum war?«

Professor Meixner hatte diese Frage zwar mit gewohnter Gelassenheit gestellt, aber dennoch schimmerte etwas wie Ungehaltensein in ihr auf. Er hat recht, dachte Emil, ich benehme mich lächerlich. Statt dankbar zu sein und vor allen möglichen oder unmöglichen Göttern in die Knie zu fallen, gebärde ich mich wie ein trotziges Kind.

»Verzeihen Sie«, sagte er, »aber ich bin irgendwie durcheinander.«

»Kein Wunder«, sagte der Arzt. »Was Ihnen heute passiert ist, geschieht nicht alle Tage.«

»Weiß Gott.«

Emil gelang jetzt ein Lächeln.

»Und Sie haben recht«, fügte Professor Meixner hinzu, »wir gehen in ein anderes Labor, ich schreibe Ihnen die Adresse auf.«

Es herrschte wieder absolute Stille in der Ordination, nur das Geräusch der Füllfeder auf dem Papier war zu hören. Emil blickte auf den grauen Haarschopf, die schreibenden Hände des Arztes. Und jetzt erst zog ein Gefühl der Befreiung in sein Herz. Er spürte ihn mit allen Fasern seines Körpers, diesen warmen und hellen Strom. Ich darf leben, dachte er. Ich darf weiterleben, ohne mit dem Tod ringen zu müssen. Und ich darf älter werden. Ich sollte das in Zukunft als eine Art Geschenk ansehen, glaube ich. Auch wenn es mir schwer fällt, sollte ich das.

Als Emil aus dem Haus trat, in dem sich die Arztpraxis befand, war es bereits dunkel. Die Straßenbeleuchtung schien jedoch auf ganz besondere Weise Häuser und Asphalt zu erhellen, alle Lichter glänzten auf, als hätte man die Stadt frisch gewaschen. Lau strömte die abendliche Luft auf Emil zu, die herbstliche Kühle hatte wieder der Spätsommerwärme Platz gemacht. Oder kam ihm das alles nur so vor? Emil schlenderte zu seinem Auto, das er in einiger Entfernung geparkt hatte, und ihm war, als schwebe er, obwohl er kräftig ausschritt. Das Licht, die Wärme, vielleicht kam beides aus ihm selbst? Vielleicht hatte sich am Zustand der Stadt und der Witterung kaum etwas geändert, nur er fror nicht mehr, und die Dunkelheit seiner Todesangst war von ihm gewichen.

Emil öffnete das Verdeck seines Wagens. Er wollte die wehende Luft und das Pulsieren der Stadt spüren, sich allem körperlich aussetzen, er hätte plötzlich schreien können vor Freude. Ich lebe! hätte er gern in die Nacht hinausgeschrien. Dieser elementare Schrei erfüllte ihn so gewaltig, daß er schließlich nicht mehr widerstehen konnte. Als er den Motor anließ, schrie er in dessen Aufheulen hinein, er schrie es nicht nur einmal, sondern mehrmals: »Ich lebe! Ich lebe! Ich lebe!!!«

Ein junges Paar, das Arm in Arm am Trottoir vorbeiging, wandte erstaunt die Köpfe, er sah noch, wie beide ihm hinterherlächelten. Und er selbst lächelte auch.

Diesmal fuhr Emil nicht rasch, er genoß den Fahrwind im Haar, auf dem Gesicht, und er betrachtete die Menschen auf den Straßen, in den anderen Autos mit einer neuen Aufmerksamkeit. Jedenfalls erschien sie ihm neu und ungewohnt. Ich habe mein Leben lang an zu vielem vorbeigesehen, nie wirklich wahrgenommen, was mich umgab, fand er plötzlich. Sollte mir tatsächlich überhaupt nichts fehlen, beim neuerlichen Test genau das herauskommen, was Professor Meixner erwartet, werde ich versuchen, mich weiterhin so zu fühlen wie heute abend. Mich weiterhin so aufmerksam, so voller Anteilnahme für alles, was mich umgibt, zu fühlen.

Ein Mann im Wagen hinter ihm, der schneller vorwärtskommen wollte, hupte ihn an. Emil fuhr zur Seite. Der Fahrer starrte trotzdem wütend zu ihm herüber, und das Lächeln auf Emils Gesicht wollte bei diesem Blick ersterben. Aber dann zwang er sich, den Mann weiterhin unverwandt anzulächeln, so lange, bis dieser, auf ärgerliche Weise verwirrt, den Kopf schüttelte und ihn überholte. So sind die Menschen eben, dachte Emil, und so war ich doch auch.

Er gelangte in die Innenstadt und fuhr an Gassen vorbei, in denen Menschen den warmen Abend nutzten und vor Restaurants und Cafés im Freien saßen. Eine nahezu südliche Stimmung ergriff ihn, locker lehnte er im offenen Wagen, chauffierte nur mit einer Hand, ihm war plötzlich, als sei er irgendwo in Rom unterwegs, als befände er sich in einem italienischen Film, ja, ihm schien, er müsse jetzt wie Vittorio Gassmann in jüngeren Jahren aussehen. Jedenfalls fühlte er sich wie Vittorio Gassmann in jüngeren Jahren, und er wollte dieses Gefühl noch nicht einsam in seine Wohnung hochtragen. Was mache ich mit dem angebrochenen Abend? fragte er sich. Soll ich Constanze anrufen?

Fast wäre er auf die Bremse gestiegen, so sehr erschreckte ihn diese gewohnheitsmäßig in ihm aufgestiegene Frage. Ja, er hätte um ein Haar sinnlos und die anderen Autos gefährdend abgebremst, eine hektische, unüberlegte Handlung, die seinem sonstigen Können am Steuer in keiner Weise entsprach. Was sollte das denn! schalt Emil sich. Mir war wohl eine Sekunde lang so, als könne das Anhalten des Autos ungeschehen machen, was ich mich da eben gefragt habe. Ob ich Constanze anrufen solle, habe ich mich gefragt, nicht zu fassen ist das. Nie wieder werde ich Constanze anrufen, ich habe heute mit ihr Schluß gemacht, und dabei soll es auch bleiben.

Er fuhr gemächlich weiter.

Er sah, wie sich Menschen über Tische hinweg einander zuneigten, wie sie lachten und gestikulierten, er sah Paare, überall Paare, umarmt nebeneinandersitzend oder umschlungen dahinschlendernd, und sein Vittorio-Gassmann-Gefühl wollte sich nicht mehr so richtig einstellen. Warum bin ich nicht nur erleichtert, fragte er sich, in jeder Hinsicht erleichtert? Ich scheine wirklich keine Leukämie zu haben und bin heute außerdem der beginnenden Umklammerung Constanzes entronnen. Ich bin frei. Befreit. Was hat also dieser Schatten auf mir zu suchen, der sich einstellte, als ich eine Frau anrufen wollte, von der ich mich eben getrennt habe? Hat es damit zu tun, daß ich jetzt nicht weiß, wen ich anrufen könnte, obwohl ich gern jemanden anrufen und mich mit ihm treffen würde?

Rob fiel ihm ein. Aber mit dem jungen Graphiker war er bisher noch nie abends ausgegangen, ihn heute abend unvermutet dazu aufzufordern, ging irgendwie nicht. Es gab da eine Menge ehemaliger enger oder seit je freundschaftlich loser Bekanntschaften mit Frauen, selbstverständlich, aber auch bei ihnen würde ein plötzlicher später Anruf einen unguten Eindruck machen. Er würde verlassen und liebeshungrig wirken, und beides war er schließlich nicht. Er selbst hatte eine wunderschöne junge Frau in die Wüste geschickt, und er könnte sie jederzeit zurückholen, wenn ihm danach wäre. Aber ihm war nicht danach, er hatte vorhin nur stereotyp reagiert, eine Gewohnheit nicht unter Kontrolle gehabt.

Emil entdeckte zwischen all den am Straßenrand abgestellten Autos ein Lücke und parkte seinen Wagen kurzentschlossen ein.

Als er den Motor abgestellt hatte, blieb er vorerst hinter dem Steuer sitzen, leicht zurückgelehnt, und ließ die Geräusche der Stadt auf sich wirken. Das gleichmäßige Dahinrauschen der Autos, Schritte auf dem Gehsteig, helles Geklapper von Stöckelschuhen. Ein Geflecht aus Stimmen, das die vorbeiflanierenden und im Freien sitzenden, lufthungrigen Städter um sich ausbreiteten. Ab und zu eine Lachsalve, Gläserklirren und Geschirrklappern.

Schließlich stieg Emil aus, schloß den Wagen und begann von der befahrenen Straße aus in das Dickicht der kleinen Gäßchen dieses Stadtteils einzudringen. Ein Lokal neben dem anderen, dazwischen Boutiquen und Galerien, die noch geöffnet hatten. Er schlenderte langsam dahin und konnte sich nicht entschließen, vor irgendeinem Restaurant oder Café haltzumachen, sich an einen Tisch zu setzen und etwas zu bestellen. Alleine ist so ein Bummel nichts, dachte Emil, einfach herumhocken und mit keiner Menschenseele reden können, das schürt höchstens Melancholie. Dabei würde ich jetzt gern mit irgend jemandem anstoßen und meine Rückkehr in das Leben feiern, ja, eine Flasche Champagner wäre das wohl wert! Auch knurrt mir der Magen, ich spüre den Hunger erst jetzt, davor war ich zu aufgeregt, um hungrig zu sein. Denn außer dem Toast im Bistro, ehe Constanze erschienen ist, habe ich ja heute noch nichts gegessen.

Constanze. Da seine Gedanken zum Abschiedstreffen im Bistro zurückgeraten waren, blieben sie jetzt beharrlich an Constanze hängen, während er weiterhin durch die Gassen schlenderte. Was tat sie wohl heute abend? Sich ihre Liz-Taylor-Augen bis zur Unkenntlichkeit ausweinen? Oder sich zurechtmachen, auf diese fast feierliche Art, die ihn immer an einen Gottesdienst, an die Gesten vor einem Altar gemahnt hatte, um sich dann makellos schön und tragisch umflort in die Gesellschaft ihrer Freunde und Bekannten zu begeben und dort Trost zu suchen? Wohl eher letzteres, dachte Emil, wegen mir gibt diese Frau doch nicht auf! Und das war ihm, er wußte es, weitaus lieber als der Gedanke an eine haltlos verzweifelte Person, die sich verkroch und deren Verzweiflung noch dazu er selbst verschuldet hatte. Er scheute davor zurück, sich Constanze unglücklich vorzustellen.

Weil er sich Unglück, welcher Art auch immer, noch nie gern vorstellen wollte. Und schon gar nicht wollte er das jetzt tun, wo er selbst gerade Glück gehabt hatte! Komm, setz dich hin und trinke etwas, befahl sich Emil, proste den Göttern zu, der angenehmen Nacht, egal wem, aber trinke etwas und freue dich! Los!

Ein schrill gekleidetes Mädchen zwischen zwei hochgewachsenen jungen Männern kam laut lachend die Gasse entlanggerannt, alle drei waren offensichtlich fröhlich angetrunken und rempelten rücksichtslos jeden an, der ihnen in den Weg geriet. Gäste, die im Freien an den Tischen einer Trattoria saßen, die vollen Teller vor sich, schimpften ihnen hinterher. Emil wich aus, als die Jugendlichen vorbeistürmten, und stand dann so dicht vor dem Tor eines der alten Innenstadthäuser, daß er das kühle Holz hinter sich fühlte. »Auch junge Leute sollten sich benehmen können!« rief eine aufgebrachte dicke Frau zu ihm her, die Ladung fettglänzender Spaghetti auf der drohend erhobenen Gabel. »Finden Sie nicht auch?« Emil, zu diesem plötzlichen, ungebetenen Kontakt aufgefordert, nickte dürr und drückte sich noch enger in den Schatten des Haustores. Der schwere Türflügel hinter ihm öffnete sich, und jemand prallte gegen seinen Rücken.

»Oh, tut mir leid«, sagte eine weibliche Stimme, die er sofort erkannte.

Emil wandte sich um, und dicht vor ihm stand niemand anders als Marie Liebner. Sie starrte ihn an wie eine Erscheinung.

»Was machen Sie denn hier?« fragte sie.

»Und was machen *Sie* hier?« fragte er zurück.

»Ich wohne hier«, sagte sie, »hier, in diesem Haus.«

»Ich gehe spazieren«, sagte Emil.

Beide schauten einander an, ihre Gesichter schienen sich fast zu berühren. So ein hübsches Grau haben diese Augen, dachte Emil, ein wirklich seltenes Grau, hell wie das Grau von Ringeltauben, nicht die schmutzigen Stadttauben, nein, nur gewisse Tauben sind auf diese Weise hellgrau gefiedert.

»Was ist los?« fragte Marie Liebner. »Habe ich etwas im Auge?«

»Nein, Sie haben nur hübsche Augen.«

Wieder standen sie einander schweigend gegenüber.

»Gehen Sie mit mir auf einen Drink?« fragte Emil schließlich kurzentschlossen.

»Eigentlich wollte ich –«

Marie Liebner sah vor sich hin, und obwohl Emil dicht vor ihr stand, schien sie durch ihn hindurch in eine unendliche Weite zu blicken. Emil hatte das Gefühl, als müsse er sie von irgendwo zurückholen.

»Ja? Was wollten Sie eigentlich?«

»Sind Sie aber neugierig!« sagte Marie Liebner.

Da schau an, dachte Emil, wenn sie mich tadeln kann, ist der Blick gleich wieder forsch und sie ganz da.

»Bin ich«, gab er zur Antwort, »ich bin prinzipiell neugierig.«

Stimmt gar nicht, dachte Emil, warum sage ich das?

»Also gut, Herr Windhacker«, sagte Marie Liebner, »ich wollte auch spazierengehen, ein bißchen ausatmen, im Stadtpark drüben eine Runde drehen.«

»Das könnten wir doch gemeinsam tun?«

»Könnten wir. Aber nehmen wir lieber einen Drink.«

Jetzt lächelte sie zu ihm hoch. Wie ein Kind, dachte Emil, ja, plötzlich dieses Lächeln eines übermütigen Kindes. Trotzdem dahinter, am Grunde ihrer Augen, ihres Gesichtes, etwas wie Traurigkeit. Oder nur Müdigkeit? Oder mehr? Mehr als beides zusammen? Schmerz? Leid? Oder glaube ich das alles nur wahrzunehmen, weil ich jetzt weiß, daß sie Leukämie hat?

Unbehagen beschlich Emil, als sie nebeneinander durch die Gasse weiterschlenderten. Das hatte er bei seiner Aufforderung vergessen, daß er sich bei ihr nicht mehr so unbeschwert würde geben können wie am Abend zuvor bei den Königs. Dazwischen gab es das Telephonat. Gab es die Erkenntnis, daß sie beide an ein und derselben tödlichen Erkrankung zu leiden schienen. Und jetzt hatte sich da auch noch sein eigenes unverhofftes Entronnensein herausgestellt! Die Situation wird richtig peinlich werden, dachte Emil, warum mußten wir zwei uns denn gleich heute abend nochmals begegnen, zu dumm ist das.

»Haben Sie was?« Marie Liebner sah ihn von der Seite her an. »Sie wirken, als sei Ihnen die Lust auf einen Drink vergangen.«

»Wieso denn das? Ich denke nur drüber nach, wo wir ihn nehmen sollen. Wollen wir im Freien sitzen? Ist Ihnen der Abend noch warm genug?«

»Vorne rechts ist eine Café-Bar, da frühstücke ich oft, die Besitzerin ist nett. Man kann im Lokal am offenen Fenster sitzen, wäre Ihnen das recht?«

»Prima«, sagte Emil, »und kann man dort auch essen?«

»Kleinigkeiten, ja. Toast oder Würstel, etwas in der Art.«

Dann lieber Würstel, dachte Emil, einen Toast hatte ich heute schon, und ich denke nicht gern an ihn zurück, aber das geht die Filmschauspielerin wohl nichts an. Was für ein feines Profil sie hat.

Und die hellen Haare, diese sanfte Welle. Oh, ich glaube, sie hat sie mit einem Schuhband zusammengebunden! Ja, mit einem alten, ausgefransten, dunkelbraunen Schuhband!

»Betrachten Sie, womit ich mir die Haare zusammengebunden habe?« fragte Marie Liebner, als sie das Lokal betraten. »Verständlich, aber ich hatte im Moment nichts anderes zur Hand, und schließlich wollte ich ja nur kurz in den nächtlichen Park, wo mich niemand sieht.«

»Egal, was für Bänder es sind«, sagte Emil, während sie einem freien Fenstertisch zusteuerten und dort Platz nahmen, »Hauptsache, sie dürfen so schönes Haar wie das Ihre zusammenhalten.«

»Bald habe ich sowieso keines mehr, um es, mit was auch immer, zusammenzuhalten«, antwortete Marie Liebner ruhig.

Emil erschrak. Du lieber Himmel, ja! dachte er. Sicher muß sie eine Therapie machen. Die Haare werden ihr ausgehen. Sie wird kahlköpfig sein, nichts mehr da von diesen sanften, silberhellen Haarwellen, schrecklich. Aber ich möchte heute über so etwas eigentlich nicht reden. Und auch nicht darüber nachdenken müssen. Ich hätte gern gefeiert, mit irgendwem gefeiert, daß ich selbst nicht so krank bin wie angenommen. Und jetzt das. Jetzt sitze ich hier einer Frau gegenüber, die all das Schreckliche wird erleben müssen, wovor mir gegraut hat, und ich kann nicht davonlaufen. Unmöglich, ihrer Gesellschaft jetzt noch zu entrinnen, da muß ich jetzt durch.

»Was trinken wir also, Madame?«

Emil wollte fröhlich wirken, aber er wußte, daß seine Stimme bei dieser Frage verlogen munter und viel zu laut klang. Marie Liebner hob den Kopf und sah ihn aufmerksam an.

»Nennen Sie mich bitte Marie und nie mehr Madame«, sagte sie.

»Gern. Dann bin ich aber bitte der Emil!«

»Gut.«

»Also, was wollen Sie trinken, Marie?«

»Ein Glas Rotwein.«

»Klingt gut, dem schließe ich mich an.«

Die Lokalbesitzerin nahm seine Bestellung entgegen, sie war eine schlanke, schwarzgekleidete Frau um die Fünfzig und hatte Marie mit großer Herzlichkeit begrüßt. Als sie fragte, ob sie auch die Speisekarte bringen solle, lehnten beide ab. »Nur ein paar Kartoffelchips«, bat Emil. Das brauche ich, um nicht vor Hunger ohnmächtig zu werden, dachte er. Was spreche ich denn nur mit ihr, über welches Thema, ohne das Thema Krankheit zu berühren, irgend etwas Unverfängliches, was nur?

»Wohnen Sie gern mitten in der Stadt? Ist es da nicht dunkel in den Räumen?«

Wenn diese Fragen unverfänglich waren, fresse ich einen Besen, dachte Emil.

»Ich wohne hoch oben und habe viel Sonne«, antwortete Marie Liebner, »aber interessiert Sie das wirklich?«

»Schon«, sagte Emil und war froh, daß eine Flasche Wein, zwei Gläser und die Schale mit den Chips vor ihnen auf den Tisch gestellt wurden. Er konnte einschenken, herumhantieren, anbieten, »Darf ich?«, »Chips, Marie?«, »Gut so?«, dieses betuliche Gemurmel ließ ein wenig Zeit vergehen. Dann brach Schweigen aus. Und Emil der Schweiß, wie so oft in letzter Zeit, nur wußte er jetzt, daß es nichts mit Blutkrebs zu tun hatte, nur mit seinem Unbehagen und seiner Verwirrung.

»Geht es Ihnen nicht gut?« fragte Marie.

»Es geht.«

»Haben Sie schon einen Termin bei Ihrem Arzt in Aussicht?«

»Ich – ich war heute bei meinem Arzt.«

»Ja? Heute schon?«

»Er hatte zufällig gleich Zeit, als ich angerufen habe.«

»Und?«

O Gott, dachte Emil, diese Augen! Wie sie auf mich gerichtet sind, ihr Grau noch heller als sonst vor Wißbegier. Wie abrupt Marie sich über den Tisch zu mir hergebeugt hat, es wirkte nahezu freudig überrascht, und sicher tat sie es mit dem Wunsch, Ängste teilen zu können. O Gott, was sage ich jetzt nur?

»Es war ein Irrtum«, sagte Emil.

»Wie bitte?«

»Meine Befunde waren falsch.«

»Wieso?«

»Es waren die eines dreiundsiebzigjährigen Emil Windhammer.«

Marie Liebner richtete sich auf.

»Und das ist Ihnen nicht gleich aufgefallen?«

Wieder ist sie streng und rügt mich, dachte Emil. Im Moment scheint sie sogar richtig böse auf mich zu sein.

»Nein, der Arzt hat es entdeckt. Ich muß nochmals in ein Labor und die Sache wiederholen, aber er glaubt nicht, daß mir etwas Gravierendes fehlt.«

Marie Liebner starrte ihn an. Emil fühlte sich unter diesem Blick hilflos und schuldbewußt. Warum eigentlich, fragte er sich, was habe ich denn getan, außer nicht todkrank zu sein, das ist schließlich kein Verbrechen.

»Ich gratuliere Ihnen«, sagte Marie Liebner leise.

Sie senkte die Augen und fuhr sich mit der Hand mehrmals über die Stirn, als müsse sie dort einen Schwarm Fliegen vertreiben. Vielleicht ihre

Gedanken, dachte Emil, Gedanken, die ihr selbst nicht gefallen. Ich glaube, Marie hätte gewollt, daß ich ebenso krank bin wie sie. Hätte gern ein Gespräch über Leukämie und einen frühen Tod geführt, da bin ich mir sicher. Ich muß schauen, daß ich bald von hier wegkomme. Mir geht es schließlich gut. Ja, mir ist ein Wunder widerfahren!

»Es muß überwältigend sein, etwas in dieser Art zu erleben. Wie ein Wunder muß das sein«, sagte Marie Liebner. »Ich hoffe, Sie sind mir nicht böse, wenn ich Ihnen gestehe, daß ich ein bißchen neidisch bin.«

Sie schwieg, immer noch mit gesenkten Augen. Dann hob sie den Blick und sah ihn an.

»Nein. Ich bin sehr neidisch.«

Emil versuchte zu lächeln, aber sie blieb ernst.

»Ich glaube, ich war eine Sekunde lang dabei, Sie zu hassen, Emil. Verzeihen Sie mir.«

»Da gibt es nichts zu verzeihen«, sagte Emil, »ich kann Sie gut verstehen, Marie. Nehmen wir einen Schluck?«

Sie nickte, beide hoben sie die Gläser und tranken. Als Marie Liebner ihres wieder abstellte, begann sie plötzlich zu weinen. »Entschuldigung«, sagte sie und wischte sich mit der Handfläche die Wangen ab, über die Tränen herabflossen. Es war eine kindliche Gebärde. Das auch noch, dachte

Emil, jetzt bin ich mitten drin im Drama eines anderen Menschen, jetzt sollte ich sie wohl trösten oder etwas in der Art, und ich kann das nicht! Beim besten Willen, ich kann das nicht, habe es noch nie gekonnt, wie komme ich nur weg von hier?

»Also heute nachmittag haben Sie von dem Irrtum im Labor erfahren?«

Die Mühe, mit dieser Frage ihre Fassung wiederzugewinnen, war Marie Liebner anzumerken. Ihre Stimme zitterte leicht, und immer noch waren ihre Augen nass.

»So ist es.« Möglichst sachlich und trocken bleiben, dachte Emil, ja kein Gefühle entstehen lassen. »Das heißt, es war eigentlich erst gegen Abend. Also vor kurzem, genau gesagt.«

Marie Liebners tränenfeuchter Blick musterte ihn.

»Und da sitzen Sie hier mit mir?« sagte sie dann. »Mit einer Frau, die Ihnen etwas vorheult? Sie sollten dieses Wunder feiern!«

»So? Sollte ich?«

Als ob ich das nicht selbst wüßte, dachte Emil. Immer muß diese Frau mich schulmeistern.

»Natürlich. Ich vermisse zum Beispiel Constanze Mell, wo ist sie? Ihre Freundin muß doch glückselig sein über diese Nachricht, sie wirkte bei den Königs tief betrübt. Mit ihr sollten Sie jetzt beisammen sitzen und Wein oder besser noch Champagner trinken.«

Emil fühlte, daß eine Welle von Zorn ihn durchfuhr. Was geht es diese Frau an, mit wem und ob und wie ich was auch immer feiere, dachte er. Das hier führt schlicht zu weit, aber sie hat völlig recht, mit ihr sollte ich jetzt wirklich nicht hier sitzen.

»Nicht böse sein, Marie, daß mich das arg stört«, Emil machte keinen Versuch, seinen Unwillen zu verschleiern, er wußte, daß seine Stimme hart klang, »aber woher wissen Sie eigentlich den Namen – meiner – meiner Freundin?«

Marie Liebner starrte ihn an. Dann stieß sie einen Schreckenslaut aus, der sich aus Aufseufzen und Aufstöhnen zusammensetzte. Hektisch begann sie in ihrer Hosentasche nach einem Taschentuch zu suchen, da ihr erneut Tränen aus den Augen stürzten. Verzweifelt und erfolglos kramte sie herum, bis sie nochmals mit beiden Handflächen ihre Wangen trocken zu wischen versuchte. Als sie endlich sprechen konnte, geriet zwischen ihre Worte ab und zu ein Schluchzen, hemmungslos, wie bei untröstlichen Kindern. Ja, wieder gleicht sie bei alledem irgendwie einem Kind, dachte Emil.

»Ich glaube, ich benehme mich entsetzlich schlecht –«, sagte Marie Liebner, »es tut mir wirklich leid – ich bin in keiner guten Verfassung, wie Sie sich vorstellen können – aber das ist keine Entschuldigung, ich weiß! – Luzia hat mir alles mögliche von Ihnen erzählt, als ich sie um Ihre Telephonnummer bat – deshalb weiß ich den Namen Ihrer – Ihrer Bekannten – Ich wollte nicht indiskret sein, glauben Sie mir – das ist sonst nicht meine Art – ich bin völlig durcheinander – schrecklich ist das alles – das beste wäre, ich würde jetzt schnell gehen – und Sie in Ruhe lassen – sind Sie mir bitte nicht böse, ich –«

»Aber was, Schluß jetzt!« unterbrach Emil sie und reichte ihr ein Taschentuch. Seine Bedienerin pflegte seine Sakkotaschen stets mit einem frischen Taschentuch zu versehen, das war eines seiner strengen, häuslichen Gebote. Und wie man sieht, eines, das sich bewährt, dachte er.

»Und entschuldigen Sie sich nicht endlos«, fuhr er fort, weiterhin um einen sachlichen, nahezu rauhen Ton bemüht. »Ich kann weiß Gott nachvollziehen, daß es Ihnen nicht gut geht. Und von Constanze Mell habe ich mich heute endgültig getrennt. Das nur zu Ihrer Information. Damit Sie beruhigt sein können, liebste Marie, warum ich nicht mit ihr Champagner trinke, sondern mit Ihnen diesen übrigens recht guten Rotwein. Prost!«

Zögernd hob auch Marie Liebner ihr Glas und

stieß mit Emil an. Während er trank, nahm sie nur einen kleinen Schluck und sah ihn dabei prüfend an. Plötzlich aber lächelte sie. Und da war es wieder, das überlegene Lächeln jener Frau, die er vordem gekannt hatte. Na endlich, dachte Emil, die Klippe der Heulerei wäre umschifft.

»Was Sie heute aber auch alles abhaken konnten«, sagte Marie Liebner.

»Ja, es war ein bemerkenswerter Tag«, antwortete Emil.

Das Stiegenhaus mit der hohen steinernen Treppe wurde von Lampen unter gewellten Glasschirmen erleuchtet, es wirkte altmodisch und erlesen. Als Emil hinter Marie Liebner zu ihrer Wohnung im letzten Stock hochstieg, hätte er am liebsten lautlos wieder umgedreht und wäre ohne ein Wort, auf Zehenspitzen, hinuntergeeilt und ins Freie geflohen. Was für ein Teufel hat mich geritten, dachte er, warum gehe ich mit dieser Frau jetzt da hinauf? Ich habe eine Menge Rotwein getrunken, aber das ist nicht der Grund. Daß wir beide zuletzt höllischen Hunger hatten, im Lokal zu so später Stunde nichts mehr bekamen und sie mir angeboten hat, uns bei sich zu Hause noch etwas zu kochen, ist das der Grund, warum ich jetzt hinter ihr hertappe? Immer war ich zurückhaltend, wenn es darum ging, private weibliche Bereiche zu betreten, habe es möglichst vermieden, Frauen zu schnell in ihre Wohnhöhlen zu begleiten. Und wenn ich es ab und zu dann doch tat, hatte es meist unangenehme Folgen. Sie locken einen in ihren Dunstkreis wie Spinnen in ihr Netz, das weiß man schließlich. Warum also habe ich zugestimmt, mit Marie mitzugehen?

Marie Liebner blieb stehen, die Hand am Geländer, und hustete. Dann strich sie eine Haarsträhne aus ihrem Gesicht und stieg weiter die Treppe hinauf.

»Meine Wohnung liegt verdammt hoch oben, nicht wahr?« Sie war außer Atem und sprach über ihre Schulter zu Emil hinunter. »In letzter Zeit spüre ich diese fünf Stockwerke. Früher bin ich ohne Mühe hinaufgelaufen, ohne eine Sekunde darüber nachdenken zu müssen.«

Ich bin ein Arschloch, dachte Emil, Constanze hat mich mit Fug und Recht so bezeichnet. Vor mir bewegt sich eine schwerkranke Frau, sie keucht ein wenig beim Atmen, jede Stufe macht ihr Mühe, und ich habe nichts anderes zu tun, als mich vor irgendwelchen sexuellen Avancen zu fürchten, weil ich sie spätabends in ihre Wohnung begleite!

Er sah sie an, während er dicht hinter ihr und ebenso langsam wie sie eine Stufe nach der anderen nahm.

Vielleicht liegt es daran, daß sie mir trotzdem gefällt, dachte er plötzlich. Daß sie mir als Frau gefällt. Sie ist krank, sie ist nicht mehr allzu jung, höchstwahrscheinlich wird sie nicht mehr lange leben, wenn es stimmt, was sie sagt. Aber ich sehe sie gern an, sogar jetzt, hier in diesem trüben Stiegenhaus. Ihre mit dem zerschlissenen Schuhband zugebundenen Haare, diese silberne Welle auf ihrem Rücken – der hochgewachsene schmale Körper unter dem losen Pullover – die weiten Hosen – wieder die dicken Wollsocken, die Turnschuhe – nichts bietet üblichen weiblichen Anreiz. Und trotzdem reizt sie mich irgendwie. Ich muß aufpassen.

Marie Liebner blieb stehen, wandte sich Emil zu und sah mit einem prüfenden Blick auf ihn herab.

»Ist es Ihnen plötzlich lästig geworden, mit mir in meine Wohnung hochzusteigen?« fragte sie.

»Wieso denn das?«

Ich bin scheinheilig, dachte Emil, meine Antwort klang auf scheinheilige Weise verlogen, sicher hat sie das gespürt.

»Weil ich es spüre«, sagte Marie Liebner. »Ihre Gedanken stupsen mich richtiggehend in den Rücken.«

»Die sollen Sie ruhig stupsen, weil ich nämlich vor Neugier brenne, was Sie uns wohl kochen werden. Mir ist schon schlecht vor Hunger.«

Marie Liebner lächelte. Um wieviel hübscher sie dadurch wird, dachte Emil, es ist, als hätte jemand einen Lichtstrahl auf ihr Gesicht gerichtet.

»Spaghetti gehen schnell«, sagte sie.

»Herrlich. Ich kann es kaum erwarten.«

»Wir sind gleich oben.«

»Ich würde Ihnen sogar bis zu den Sternen hinauf folgen, wenn es dort Ihre Spaghetti gibt und wir gleich oben sind.«

Was für ein magerer Scherz, dachte Emil.

»Manchmal sind Sie ein recht lustiges Kerlchen«, sagte Marie Liebner, wieder ernst geworden, und stieg weiter die Treppe aufwärts. Sie hielt erst an, als das letzte Stockwerk erreicht war und sie vor der Wohnungstür standen. Als sie den Schlüssel hervorholte, war ihr Atmen laut zu hören, heftig und angestrengt. Emil tat, als müsse er husten, um das Atemgeräusch zu überdecken und weniger auffällig werden zu lassen. Aber Marie Liebner sagte, als sie die Wohnungstür aufsperrte: »Daß mir das Atmen schwer fällt, kommt von der Schwäche. Das hat sich erst in letzter Zeit eingestellt.«

Emil gab keine Antwort und betrat hinter ihr die Wohnung. Hoffentlich verschont sie mich mit Details ihres Befindens, dachte er, ich weiß zu solchen Mitteilungen einfach nichts zu sagen. Wird schon wieder? Nur nicht die Flinte ins Korn werfen? Sicher ist alles bald wieder anders? Solche Sätze? Nein, unmöglich. Aber schonungslos auf ein Krankheitsbild eingehen und Nöte ehrlich beantworten, das schaffe ich schon gar nicht. Also hoffentlich bleibt es beim Spaghettiessen, und dann ab nach Hause. Ohnehin ist es spät genug, ich möchte ja morgen wieder zur Arbeit gehen, und zwar in alter Frische.

Marie Liebner war vorausgegangen und hatte mehrere Lichter angedreht. Mit einem Blick erkannte Emil, daß die Wohnung nicht groß war, eigentlich nur ein geräumiges Zimmer, eine Küche, Vorraum und Bad. Und sie war ausnehmend hübsch eingerichtet, sehr gemütlich und ohne den üblichen Kleinkram. Was sonst, dachte Emil, Marie sieht nicht so aus, als würde sie zwischen Nippes und Kunstblumen leben. Was hatte er nicht schon alles zu Gesicht bekommen, wenn es sich irgendwann doch nicht mehr vermeiden ließ, das private Umfeld einer Frau zu betreten. Meist zwang ihn das, was er dort zu sehen bekam, seine

Eroberung rasch wieder rückgängig zu machen. Was sich da oft an Geschmacklosigkeiten häufte, war auch mit einer Sexgöttin, die er eben noch wild begehrt hatte, nicht zu vereinbaren. Sofort wich sein Begehren einer eiskalten Ernüchterung und er floh.

»Hübsch ist Ihre Wohnung«, sagte Emil.

»Klein, aber mein«, antwortete Marie Liebner aus der Küche, wo sie rasch zu hantieren begonnen hatte. »Ich wollte mir nie eine größere zulegen. Setzen Sie sich doch. Wenn Sie Musik wollen –«

»Nein, will ich nicht«, sagte Emil, »lieber höre ich den verheißungsvollen Geräuschen aus Ihrer Küche zu.«

Er trat an eines der Fenster und blickte in einen Hof hinunter, der einigen Bäumen gestattet hatte, ihre kümmerlichen Wipfel zwischen den Häuserwänden auszubreiten. Aber still war es hier oben, vom Rumoren der Stadt war tatsächlich nichts zu hören.

»Sie haben es wirklich schön ruhig«, sagte Emil.

Marie Liebner schien sich auf das Kochen zu konzentrieren, er erhielt keine Antwort. Also ging er langsam durch den großen Raum und unterzog ihn einer genauen Prüfung. Ich benehme mich so indiskret, wie ich es üblicherweise nicht bin, dachte er, sehe aber andererseits hier auch nichts, das besondere Diskretion verlangen würde. Marie hält Ordnung, sie wohnt, scheint nicht nur zu hausen und ihr Leben wahllos um sich auszubreiten. Sogar das große Bett ist gemacht und mit einer Decke verhüllt, obwohl sie nicht wissen konnte, daß sie so spät noch Besuch bekommen würde.

»Mir gefällt, daß bei Ihnen Ordnung herrscht!« rief Emil zur Küche hinüber, wo irgend etwas geräuschvoll auf dem Herd brutzelte. »Mir gefällt Ordnung überhaupt!«

»Ordnung schützt vor Selbstmord!« rief Marie Liebner zurück.

Emil zog es vor, diesen Satz unbeantwortet zu lassen. Noch gestern abend hatte Marie sich mit der hünenhaften Niederländerin über ihren letzten Film unterhalten, ihr mitgeteilt, daß er demnächst herauskommen würde, und er selbst hatte seine schöne Freundin eifersüchtig gemacht, weil er mit dieser bekannten Filmschauspielerin gescherzt und geplaudert hatte. Nie wäre ihm in den Sinn gekommen, Marie Liebner könne lebensbedrohlich krank sein. Und ein einziger Tag hatte ihm diese Frau nun auf ganz andere Weise näher gebracht, als er je erwartet hätte. Wollte er nicht vor ihr auf die Knie fallen, wenn seine eigene Todesbedrohung sich wundersam in Nichts auflösen würde? Hatte er gestern nicht ein Gelöbnis dieser Art erwogen? Emil erinnerte sich nur noch vage, aber war es nicht so gewesen, daß er sogar ihre Turnschuhe hatte küssen wollen vor Erleichterung, wenn ihm ein Wunder geschähe? Und jetzt war ihm dieses Wunder geschehen. Und er befand sich sogar in ihrer Wohnung, in der Wohnung der Frau mit den großen grauen Augen. Ja, er, Emil Windhacker, würde weiterleben dürfen, während sie heute abend in seiner Gegenwart zu einem kranken, verzweifelten Kind geworden war, nicht mehr klaglos Treppen steigen konnte und bereits von Selbstmord sprach. Irgendwie machte dieser Umstand sein Gelöbnis zunichte, nichts mehr mit Kniefall und Kuß auf die Turnschuhe, jetzt litt sie an dem, wovon er befreit zu sein schien. Was für eine Ironie, dachte Emil.

»Ich bin soweit!« rief Marie Liebner aus der Küche.

Kurz darauf erschien sie mit einem vollbeladenen Tablett, trug es rasch durch das Zimmer und setzte es auf dem kleinen Eßtisch ab. Emil eilte ihr zur Hilfe und verteilte Teller, Gläser und Besteck. Als sie sich schließlich zum Essen setzten, standen eine Schüssel, aus der es dampfte, ein Korb mit Brotschnitten und eine Weinflasche zwischen ihnen. Nicht viele Worte waren gefallen, während sie gemeinsam den Tisch gedeckt hatten, jetzt sahen sie einander aufatmend und erwartungsvoll an.

»Wie knapp vor dem Verhungern benehmen wir uns«, sagte Marie Liebner. »Da will man wohl auch nicht mehr miteinander reden, sondern nur noch essen.«

»Ja«, sagte Emil, »ich gebe es zu, ich will nur noch essen.«

Und es stimmt, dachte er, ist gar nicht scherzhaft gemeint. Ich bin knapp vor dem Verhungern. Und der gebratene Speck im dampfenden Spaghettiberg duftet köstlich.

»Also los«, sagte Marie Liebner und füllte erst seinen und dann ihren Teller. Emil schaffte noch »Guten Appetit« zu murmeln, dann begann er hemmungslos in sich hineinzuschlingen. Er schwieg auch dabei. Und sogar, als Marie ihm eine zweite Portion anbot, würgte er nur ein »Ja, bitte« hervor, aß sofort gierig weiter und leerte auch diesmal in Windeseile den Teller. Dann nahm er vom Brot und tunkte damit das heiße Olivenöl und die gerösteten Knoblauchstückchen auf.

»War das gut!« entrang es sich ihm, als er den blitzblank geleerten Teller von sich schob. Er seufzte wohlig auf und lehnte sich satt und schwer im Sessel zurück. Und erst jetzt nahm er wahr, daß Marie Liebner, die Hände in ihrem Schoß verschränkt, ihn wohl schon eine Weile lang in aller Ruhe betrachtet haben mußte.

»Sicher habe ich jetzt vor Ihnen in mich hineingefuttert wie ein Schwein, verzeihen Sie mir«, sagte Emil, »aber tagsüber kam ich kaum zum Essen.«

»Das war geballter, elementarer Lebenshunger«, sagte Marie Liebner, »spannend zuzusehen. Und Sie haben schließlich allen Grund, diesen auszukosten.«

Au weia, jetzt kommt es, dachte Emil. Klar, meinem Lebenshunger steht, wie es aussieht, ein Weiterleben zur Verfügung, ganz im Gegensatz zu ihrer Lebensmisere. Aber ich mag jetzt nicht über Not und Elend sprechen!

Während er in der Café-Bar kräftig Wein getrunken hatte, war ihm äußerst lieb gewesen, daß das Thema Krankheit nicht mehr zur Sprache kam. Sie hatten über alles mögliche geredet. Über das Fernsehprogramm, über schlechte und gute Filme, da nahm sie ihm das Sprechen ab. Über Sport, da nahm er ihr das Sprechen ab. Sogar von Constanze berichtete er, jedoch nur anekdotenhaft, und sie dann sehr humorvoll von ihrer ersten Liebe. Sie ließen Privates nicht aus und blieben dennoch zurückhaltend. Gute Laune hatte sich entwickelt, sie lachten immer wieder, es gedieh die unverfängliche Unterhaltung zweier Menschen, die nichts anderes voneinander wollten als eine kurze und vergnügliche Zeit.

Nach der Episode auf der Treppe, als sie außer Atem geraten war, und ihrem Ruf aus der Küche, der ihm kurz einen Selbstmordgedanken zu enthüllen schien, hatte der Genuß des Essens für ihn alles Trübe verdrängt. Und jetzt kam da wieder ein trauriger Hinweis auf traurige Tatsachen und machte ihm neuerlich Angst vor unliebsamen Konfrontationen mit ihrer Krankheit. Emil wollte Marie Liebner nicht krank wissen, wollte nicht darüber nachdenken, was ihr an Leid bevorstand. Was er wollte, war, daß sie einfach weiterhin das bliebe, was er anfänglich von ihr angenommen hatte: eine öffentlich bekannte Frau, unerschütterlich, gesund, unzerstörbar, ewig.

»Na ja«, sagte Emil, um einen legeren Ton bemüht, »Lebenshunger hin oder her, man sollte nicht fressen wie ein Vieh, wenn eine Dame einem zusieht.«

»Vergessen Sie die Dame«, sagte Marie Liebner.

»Nein!« rief Emil. »Ich plädiere dafür, daß es Damen gibt, und für gutes Benehmen, wenn einem eine solche wobei auch immer zusieht.«

»Und wenn keine sogenannte Dame Ihnen wobei auch immer zusieht, sind Sie ein Flegel?«

»Nicht ungern«, sagte Emil und grinste Marie Liebner an, »ein Flegel zu sein entspannt!«

Dieses lausbubenhafte Grinsen von mir hat

Charme, dachte er, man hat mir das oft bestätigt und es hat immer gewirkt. Vielleicht kann es jetzt die aufziehenden Schatten vertreiben.

»Dann bleiben Sie bitte in meiner Gegenwart flegelhaft entspannt«, sagte Marie Liebner, »ich brauche das.«

»Ja?«

Emils Frage klang unsicher. Aber ihm war unangenehm, wenn etwas von ihm gebraucht wurde, es war ihm immer schon unangenehm gewesen. Auch ein Flegel wollte er nur freiwillig sein und nicht genötigt oder auf Wunsch.

»Ja«, sagte sie. »Aber Sie müssen keine Angst haben, ich erwarte nichts von Ihnen.«

»Ich habe keine Angst.«

»Doch, haben Sie.«

»Wie kommen Sie darauf?«

»Ganz einfach: Es ist Ihnen anzusehen. Wenn Ihnen mein Zustand angst macht, ist es Ihnen sofort anzusehen.«

Jetzt schwieg Emil. Sie hat ja recht, dachte er, und als Schauspielerin kann sie sich höchstwahrscheinlich besser in andere Menschen hineinversetzen als unsereiner. Was mache ich nur, um bald von hier wegzukommen?

»Ich glaube, es ist spät und Sie wollen gehen, Emil«, sagte Marie Liebner. Sie erhob sich und begann das Geschirr zusammenzustellen. Emil blieb sitzen und sah in ihr Gesicht hoch, das plötzlich verschlossen und abwehrend wirkte. Was hat sie? dachte er. Ich habe doch nichts Böses gesagt. Warum tut sie auf einmal so, als hätte ich sie beleidigt?

»Gehen Sie jetzt, bitte, ich bin müde«, sagte Marie Liebner.

»Habe ich Sie irgendwie beleidigt?« fragte Emil.

»Nein.«

Sie trug einen Stapel Geschirr in die Küche. Da geht sie hin, ohne mich eines Blickes zu würdigen, dachte Emil. Diese Frauen, immer das gleiche, man kennt sich nie aus bei ihnen. Er stand auf und folgte ihr.

»Aber irgend etwas ist Ihnen doch über die Leber gelaufen, Marie, oder?«

Sie wandte sich ihm mit einer Heftigkeit zu, die ihn erschreckte, und Emil sah, daß ihre Augen wieder tränennaß waren. Während sie ihn anschrie, verzerrte sich ihr Gesicht wie das eines wütenden Säuglings.

»Mir läuft über die Leber, daß ich todkrank bin, morgen zur Chemotherapie muß, mit niemandem darüber sprechen kann, aufhören muß, zu arbeiten, und viel zu genau spüre, daß meine Gesellschaft Ihnen letztlich eine Last ist! Drum gehen Sie jetzt, bitte! Lassen Sie mich allein!!«

Sie ist verrückt geworden, dachte Emil. Ratlos starrte er diese Frau an, der jetzt wieder Tränen über die Wangen liefen, die sich am Küchenschrank festhalten mußte, die plötzlich so bleich wie Papier war und nichts mehr mit der Person zu tun hatte, die mit ihm gelacht und für ihn gekocht hatte.

»Es tut mir leid«, murmelte Emil.

Er wollte sich umdrehen, um tatsächlich zu gehen, um diese Wohnung und diesen zerstörten, aufgelösten Menschen zu verlassen, für immer hinter sich zu lassen, und das so rasch wie möglich, als Marie Liebners Augen sich seltsam verdrehten. Das Weiße der Augäpfel wurde sichtbar. Und dann sank Marie zu Boden. Weich und lautlos, wie Blüten abfallen, fiel sie in sich zusammen und lag vor ihm. Sie lag zu seinen Füßen auf terrakottaroten Kacheln, gegen die sich ihr Gesicht totenbleich abhob. Ja, sie lag da, als wäre sie tot.

Schon wieder, dachte Emil, und er dachte es wütend, schon wieder liegt eine Frau vor mir, als wäre sie tot. Ob sie auch simuliert?

Er beugte sich über sie und konnte feststellen, daß sie atmete. Und daß er selbst wütend blieb, ohne jede Anteilnahme, nur wütend. Wütend über diesen Umstand, sich mit einer kranken, eben zusammengebrochenen und wohl tatsächlich bewußtlosen Frau in deren Küche zu befinden, tief in der Nacht und selbst todmüde nach einem langen, erschöpfenden Tag voll der widersprüchlichsten Ereignisse.

Emil richtete sich wieder auf und starrte ratlos auf Marie Liebners leblosen Körper. Was tu ich jetzt mit ihr? dachte er. Soll ich sie aufheben und auf das Bett tragen? Soll ich den Notarzt rufen? Oder gehe ich einfach? Sie wird schon wieder aufwachen und sich selbst zu helfen wissen. Schließlich hat sie sich, wie es aussieht, bisher ja auch selbst zu helfen gewußt.

Als sich in Emil das Vorhaben, davonzulaufen, trotz eines nicht abzuwehrenden Gefühls von Scham zu festigen begann, wurde ihm zu seiner Erleichterung die Entscheidung, es wirklich zu tun, abgenommen. Marie Liebner öffnete die Augen, sah, wie aus weiter Ferne zurückgekehrt, zu ihm hoch und versuchte dann, sich langsam aufzurichten.

»Was ich Ihnen alles antue«, sagte sie.

»Aber was«, murmelte Emil, faßte nach ihren Schultern und half ihr hochzukommen. Erst als sie aufrecht neben ihm stand, ließ er sie vorsichtig wieder los. Marie Liebner setzte sich auf den Küchenhocker, legte beide Hände in ihren Schoß, als fänden diese dort Zuflucht, und starrte vor sich hin.

»Passiert Ihnen das öfter?« fragte er.

»Erst zum zweiten Mal«, sagte sie.

»Was machen Sie, wenn Sie alleine sind?«

»Alleine wieder aufstehen.«

»Warum sind Sie alleine? Ich will ja nicht indiskret sein – aber gibt es keinen Mann, kein Kind, keine Familie?«

»Sie sind indiskret, aber es macht nichts. Nein, all das gibt es nicht.«

»Darf ich fragen warum?«

»Ich war nie verheiratet, habe zur Zeit keinen Freund oder Lebensgefährten, hatte nie Kinder, war selbst ein Einzelkind, und meine Eltern sind tot. Reicht Ihnen das?«

»Aber irgend jemand muß sich doch um Sie kümmern!«

»Nein, niemand.«

»Aber das gibt es doch nicht! Sie sind eine berühmte Schauspielerin, ich habe gesehen, wie man Sie in der Café-Bar erkannt hat, Sie haben vor kurzem einen Film gedreht, da gibt es doch Kollegen, ein Team, es kann doch nicht sein, daß Sie niemanden haben, nicht einmal Freunde!«

Emil hatte sich in Hitze geredet.

»Seltsamerweise gibt es das doch«, sagte sie, »es ist tatsächlich so, ich habe nicht einmal wirkliche Freunde. Und das mag gerade daran liegen, daß ich so etwas wie eine bekannte Schauspielerin bin.«

»Was heißt: so etwas wie!« regte Emil sich auf. »Jeder kennt Sie!«

»Umso schlimmer«, sagte Marie Liebner.

»Was ist daran schlimm?«

»Daß einen deshalb niemand wirklich kennt.«

»Wieso?«

»Weil man für alle Menschen der öffentlich bekannte Mensch bleibt.«

»Das macht doch nichts!«

»Doch, das macht viel. Macht unmöglich, um seiner selbst willen geliebt zu werden, zum Beispiel.«

»Sie meinen, niemand hätte Sie je um Ihrer selbst willen geliebt?«

»Außer meinen Eltern und meiner ersten Jugendliebe – nein, niemand.«

»Ich glaube, Sie übertreiben.«

»Leider nein.« Marie Liebner lächelte ihn an. »Aber lassen wir es für heute gut sein, Emil. Ohnehin habe ich Ihnen den heutigen Abend verdorben, an dem Sie hätten feiern sollen und von Herzen glücklich sein. Ich bitte Sie jetzt wirklich zu gehen, mir geht es gut.«

»Und Sie kommen wirklich alleine zurecht?« fragte Emil.

»Ja.«

»Ich könnte Ihnen noch helfen, alles wegzuräumen.«

Um Gottes willen, was für ein Vorschlag, dachte Emil, hoffentlich sagt sie nein.

»Nein, bitte nicht, das mache ich lieber allein.«

Soll ich jetzt wirklich einfach gehen? fragte sich Emil, während er Marie Liebner unschlüssig gegenüberstand und sie ihn immer noch mit einem leisen Lächeln musterte.

»Keine Skrupel«, sagte sie. »Mein Schreien und Weinen und Ohnmächtigwerden geschah gegen meinen Willen, nehmen Sie es nicht ernst und gehen Sie jetzt nach Hause.«

»Müssen Sie morgen in die Klinik?«

Warum frage ich das, dachte Emil, ich sollte mich mit ihr und dem Krankheitsverlauf nicht mehr befassen. Ich sollte ihrer Aufforderung folgen, ihren Zustand nicht ernst nehmen, ihn nicht mit meinem Leben in Verbindung bringen und nach Hause gehen.

»Wie kommen Sie darauf?« Marie Liebners Frage klang überrascht.

»Weil Sie davon gesprochen haben, morgen zur Chemotherapie zu müssen.«

Warum fange ich davon an? dachte Emil. Ich Idiot, warum.

»Ach so. Nein, nein, das geschieht ambulant, ich habe nur morgen meine erste Behandlung.« Marie Liebner schob ihn plötzlich vor sich her und in Richtung Wohnungstür. »Jetzt aber kein Wort mehr über diese leidige Angelegenheit, Sie gehen jetzt.«

»Also dann gute Nacht«, sagte Emil, »und vielen Dank für Ihre köstlichen Spaghetti.«

»Gern geschehen«, sagte Marie Liebner.

Sie standen einander gegenüber. Da sie ein wenig kleiner war als er, sah Emil auf sie hinunter, auf dieses blasse Gesicht mit den großen hellgrauen Augen, die jetzt freundlich und müde auf ihn gerichtet waren. Ihre Lippen waren bleich, aber von ihr immer noch zu einem Lächeln angehalten. Sie lächelt mich hinaus, abwartend, voller Ungeduld, weil sie mich endlich loshaben möchte, dachte Emil.

Trotzdem beugte er sich über sie und küßte sie.

Die Straßen waren menschenleer, und über den Dächern erwachte bläulich die Morgendämmerung. Emil ließ das Verdeck des Autos geöffnet, als er losfuhr. Ihm war, als brauche er den Fahrtwind im Gesicht, die Kühle des Morgens und sein

Frieren, um sich wieder als er selbst zu fühlen. Er fuhr schnell, das Haar wirbelte ihm in die Stirn, sein Jackett blähte sich auf, aber das machte ihm nichts aus, er trat umso fester aufs Gas. Ich habe den Verstand verloren, ich Trottel, dachte er. Wie konnte ich das nur tun? Warum habe ich diese Frau geküßt? Und dann auch noch länger und leidenschaftlicher als anfangs von mir beabsichtigt. Es sollte ein freundschaftlicher Kuß sein, zwar auf den Mund, aber wirklich nur freundschaftlich. Sie tat mir leid mit ihrem weißen, traurigen Gesicht, mit dieser Mühe, die ihr das Lächeln zu bereiten schien, mit dieser Krankheit geschlagen, der ich entfliehen durfte. Aber dann wurde es gegen meinen Willen mehr, es wurde ein begehrlicher Kuß, und sie erwiderte ihn! Weich und schwer hing dieser Frauenkörper mir plötzlich in den Armen, und ich wurde doch tatsächlich erregt! Was ist da nur in mich gefahren? Ich könnte mich prügeln!

Emil hatte bald sein Haus erreicht. Nachdem das Garagentor hochgefahren war, raste er zu dem für ihn reservierten Parkplatz hinunter, bremste heftig ab und ließ den Wagen mit einem letzten Aufheulen zum Stehen kommen. Danach war es totenstill in der Garage. Ohne das Verdeck zu schließen, blieb Emil reglos sitzen und starrte vor sich hin.

Was war das vorhin nur? überlegte er. Erregt es mich, daß sie tödlich krank ist? Gibt es da etwa eine nekrophile Seite innerhalb meiner sexuellen Wünsche, von der ich noch nie etwas mitbekommen habe? Mit aller Gewalt nur konnte ich mich von ihr losreißen und gehen, ich hätte Marie gern hochgehoben, auf ihr Bett getragen und gevögelt. Liebend gern hätte ich das getan, und so plötzlich und unvermittelt, wie ich es an mir sonst nicht kenne. Was wird sie jetzt von mir denken? Und was war eigentlich bei ihr los? Da gab es keinerlei Widerstand, im Gegenteil, ich fühlte höchste Bereitwilligkeit. Hätte sie auch gern mit mir geschlafen?

Emil seufzte auf, und dieses Seufzen hallte in der Garage seltsam wider, es klang wie das Vorbeiwehen von Vogelschwingen. Kurz lauschte er dem hinterher, ließ dann ein hartes Räuspern folgen und stieg aus. Als er die Wagentür zuschlagen wollte, hörte er sein Handy. Er hatte es vor dem Arztbesuch in das Handschuhfach gelegt und danach nicht mehr herausgenommen, war so sehr Hans im Glück gewesen, daß er es schlicht vergessen hatte.

Wer mag das sein, um diese Zeit, dachte Emil, soll ich überhaupt auf diesen Ruf reagieren? Am Ende ist es Constanze, die nicht schlafen kann, den anbrechenden Morgen nicht erträgt und noch einmal mit mir reden möchte? Sie möchten doch immer mit einem reden – wir müssen reden – laß uns bitte reden – warum möchtest du jetzt nicht reden – nie kannst du über irgend etwas reden – und so weiter. Meist zu einem Zeitpunkt, wenn man schweigen möchte, endlos und ungefragt schweigen. Vielleicht ist Constanze, die früher immer recht gut den Mund halten konnte, jetzt ebenfalls dieser weiblichen Redesucht verfallen. Meist wollen sie ja reden, wenn es nichts mehr zu reden gibt, wenn unwiderruflich die Luft draußen ist und man nur noch wortlos auseinandergehen sollte.

Emil holte das Handy aus dem Handschuhfach und prüfte die Angaben. Nein, es war nicht Constanzes gespeicherte Nummer, sondern die eines unbekannten Anrufers. Etwa gar Marie? dachte er.

Er scheute vor dieser Möglichkeit zurück und stellte gleichzeitig die Verbindung her.

Es war Marie.

»Ich hoffe, Sie schlafen noch nicht«, sagte sie.

»Nein, nein, so schnell geht das nicht«, sagte Emil. »Ist etwas passiert? Geht es Ihnen nicht gut?«

»Darum geht es nicht. Wie es mir geht, ist unwichtig. Ich wollte Ihnen eigentlich genau das sagen, deshalb rufe ich ja an. Kümmern Sie sich nicht um mich, nie mehr, ich bitte Sie! Ich habe – ich habe ein schlechtes Gewissen. Weil ich Sie einen Abend, ja fast eine Nacht lang mit meinem Problem konfrontiert habe, weil ich mich nicht zusammenreißen, nicht besser beherrschen konnte. Und vor allem, weil ich –«

Sie brach ab und schwieg.

»Weil Sie was?«

Ich weiß ja, was sie meint, warum frage ich? dachte Emil.

»Weil –«

»Ja?«

Sie quält sich, dachte Emil, aber ich möchte hören, was sie dazu zu sagen hat.

»Ach, Blödsinn«, Marie Liebner wurde plötzlich laut, »warum druckse ich herum wie ein Backfisch! Mir ist schlicht und einfach äußerst unangenehm, daß es zu diesem Kuß gekommen ist. Daß ich da etwas zugelassen oder sogar provoziert habe, woraus Sie falsche Schlüsse ziehen könnten, Emil.«

»Ich habe überhaupt keinen Schluß daraus gezogen, Marie«, sagte Emil, »wir haben uns geküßt, na und?«

Ich bin wieder einmal total verlogen, dachte er, dieses na und? stimmt in keiner Weise mit meiner eigenen Verwunderung überein.

»Egal, wie locker Sie es kommentieren«, sagte

sie, »ich möchte jedenfalls nicht das Gefühl haben, Sie könnten glauben, ich hätte mich Ihnen an den Hals geworfen, weil ich verzweifelt Trost und Hilfe suche, menschliche Zuwendung, oder eine Euphorie am Rande des Elends, etwas in der Art eben. Ich war nur müde und schrecklich willenlos, das ist alles.«

»Okay«, sagte Emil.

»Okay? Sie haben also verstanden, worum es mir geht?«

»Ich glaube schon.«

»Daß Sie aus diesem Kuß nichts, aber schon gar nichts ableiten sollen?«

»Nichts. Außer daß er nicht unangenehm war.«

Was mache ich da? dachte Emil. Diese vermaledeite Flirterei, automatisch kommt sie in Gang!

»Lassen Sie das jetzt, bitte«, Marie Liebners Stimme klang abweisend, »es ist mir ernst. Vergessen Sie nicht nur diesen Kuß, vergessen Sie mich. Keinerlei Kontakt mehr, nichts. Ich nehme ja an, daß das ohnehin der Fall gewesen wäre, wollte jedoch nicht unterlassen, Sie darin noch zu bestärken. Ihnen auch das leiseste Unbehagen zu nehmen, den flüchtigsten Gedanken, etwas sei vielleicht nicht richtig daran, mich nie mehr zu sehen. Leben Sie wohl, Emil.«

»Marie! Machen Sie nicht alles viel komplizierter, als es eigentlich ist?«

»Nein. Ich mache es einfacher, als es ist. Ganz sicher hat Ihnen die vergangene Nacht Kopfzerbrechen beschert, Emil, ich spüre das, auch wenn Sie noch so locker na und? sagen. Und genau das möchte ich nicht. Das Kopfzerbrechen. Behalten Sie mich in guter Erinnerung, wenn es geht. Und wie es mir ergeht, werden Sie ja irgendwann, früher oder später, aus den Gazetten erfahren. Wünschen Sie mir eine gute Reise.«

»Marie!« rief Emil. »Jetzt übertreiben Sie!«

»Nein, ich glaube nicht«, sagte Marie Liebner ruhig.

Natürlich übertreibt sie nicht, dachte Emil, ich weiß, wie sie sich fühlt. Aber so hoffnungslos sollte sie nicht sein.

»Es gibt immer Hoffnung«, sagte er, »vergessen Sie das nicht, Marie.«

»Keine schönen Worte, ich bitte Sie!« rief sie. Ein heftiges Ausatmen, und sie sprach, wieder ruhig geworden, weiter. »Überhaupt sind jetzt der Worte genug gewechselt. Auch mein Anruf war ein Blödsinn und hält Sie nur vom Schlafen ab. Es wird schon hell.«

»Ich bin noch in der Garage, da herrscht immer Nacht.«

»Das auch noch!« stöhnte Marie Liebner auf.

»Sie gehören ins Bett! Also – tja, gute Nacht kann man fast nicht mehr sagen, aber schlafen Sie gut.«

Emil wußte, daß sie jetzt das Gespräch für beendet hielt, deshalb fragte er rasch, ehe sie den Aus-Knopf drücken konnte: »Kümmert sich denn wirklich niemand um Sie?« und dachte gleichzeitig: Warum frage ich sie das jetzt, statt mich so rauszuhalten, wie sie es ohnehin möchte?

Emil hörte Marie aufseufzen.

»Das kommt davon, daß ich Sie derart angejammert und dabei übertrieben habe. Aber ja doch, man kümmert sich um mich, ich habe eine sehr nette Managerin, mit der ich in gewisser Weise sogar befreundet bin. Die weiß Bescheid und wird immer nach mir sehen. Jedenfalls hat sie das hoch und heilig versprochen. Und dann gibt es einen Mann, mit dem ich ein paar Jahre zusammengelebt habe und der mich immer noch wie einen nahestehenden Menschen behandelt, der wird auch zur Stelle sein, glaube ich, wenn es nötig ist. Also, Emil, nur die Ruhe, ich bin nicht verlassen, und legen Sie sich jetzt endlich ins Bett.«

»Sie aber auch«, sagte Emil.

»Ich muß sehr früh zur Chemo«, sagte sie.

»Und was tun Sie bis dahin?«

»Ich werde ein Bad nehmen und dabei Musik hören.«

»Welche Musik hören Sie denn bei sowas?«

Komisch, daß ich das wissen will, dachte Emil, höre ich selbst doch wenig Musik und kenne mich mit Musik überhaupt nicht aus. Sie scheint es auch komisch zu finden, weil sie schweigt.

»Herr Windhacker«, sagte Marie Liebner plötzlich sehr formell, »jetzt ist Schluß. Keine Fragen nach meinen Lebensgewohnheiten mehr, unser Dialog ist beendet. In jeder Hinsicht. Erfreuen Sie sich Ihrer wiedergewonnenen Lebensaussicht, ich wünsche Ihnen dafür das Allerbeste und beende somit unser Gespräch. Adieu.«

Sie hatte diesmal ihr Handy so rasch abgestellt, daß Emil nichts mehr sagen konnte. Plötzlich entstand eine Stille an seinem Ohr, die der um ihn herum entsprach. Raus hier, dachte Emil, raus aus dieser beklemmend lautlosen, lichtlosen Garage, hinauf in meine Wohnung und wirklich noch ein, zwei Stunden ins Bett.

Seine Schritte hallten auf dem Betonboden, als er zum Lift ging. Die Kabine befand sich hier im Untergeschoß, er stieg ein und drückte den Knopf für sein Stockwerk. Langsam trug es ihn hoch. Im Lift befand sich ein Spiegel, und er sah sein Gesicht mit den rotgeränderten, müden Augen dicht vor sich. Die Wangen wirkten eingefallen, die Haut übermäßig bleich. Wenn Doktor Meixner es mir nicht versichert hätte, würde ich nicht daran glauben, dem Blutkrebs von der Schippe gesprungen zu sein, dachte Emil. Ich sehe mindestens so krank aus wie Marie Liebner.

»Prost, Emil!« sagte Robert Hertl und hob sein Glas. »Gefällt mir sehr, daß wir uns jetzt duzen.«

»Mir auch«, gab Emil zur Antwort, »also prost, Rob!«

Sie stießen an und beide tranken. Nur einen Hauch Weißwein, gemischt mit sehr viel Mineralwasser, hatten sie in ihren Gläsern, da sie nach diesem Mittagessen wieder in die Firma zurückkehren und weiterarbeiten mußten. Besser gesagt, Rob muß, ich sollte nur, dachte Emil. Da ich gestern gar nicht im Büro war, ist es klüger, heute nicht kürzer zu treten. Keiner bei *Pinker & Sohn* würde es mir zwar ankreiden, wenn ich auch heute früher ginge, aber ich tu's nicht. Obwohl ich kaum geschlafen habe und der gestrige Tag mich hergenommen hat. Hergenommen, ja. Aber ich bin nicht todkrank, wie befürchtet, der Gedanke an diese Erlösung macht mich sofort wieder frisch. Muß mich doch sofort wieder frisch machen, oder? dachte Emil und fuhr sich über die feuchte Stirn.

»Der gestrige Tag scheint dich hergenommen zu haben«, sagte Rob und grinste Emil an, »du siehst aus, als hättest du nicht sehr viel geschlafen. Ziemlich beschissen siehst du aus, mein Freund.«

»So ist es.«

Emil grinste zurück. Warum tu ich das? fragte er sich. Daß doch, wenn es um Frauen geht, kein Gespräch ohne dieses Grinsen auskommt. Er kaute den Salat mit Pilzen, den er bestellt hatte, ohne besonderen Genuß. Er war zu müde, um zu genießen. Und ohne es zu sein, fühlte er sich krank. Ich scheine den Zustand, mich schwach und reduziert zu fühlen, bereits verinnerlicht zu haben, dachte Emil. Jetzt aber Schluß damit!

»Hat sie dich endlos genervt – oder habt ihr euch endlos lange und intensiv versöhnt?«

Rob grinste auch bei dieser Frage zu Emil herüber, dann vertilgte er weiter mit riesigen Bissen seine Piccata Lemone. Sie saßen im Garten des italienischen Lokals, das nicht weit vom Firmengebäude entfernt lag und in dem recht ordentlich gekocht wurde. Emil hatte sein Vorhaben, Rob zum Essen einzuladen, sehr schnell, also gleich am nächsten Mittag, in die Tat umgesetzt. Ihm schien, er sei dies Constanze in gewisser Weise schuldig. Dieses vorgestern abend unter ihrem eifersüchtigen Blick plötzlich von ihm erwogene Ausweichen in eine Männerzweisamkeit müsse jetzt auch stattfinden, schien ihm. Das nächtliche Beisammensein, welcher Art auch immer, mit einer Frau, die noch dazu der Anlaß zu Constanzes Eifersucht gewesen war, drängte ihn förmlich in Robs Gesellschaft. Eine Art schlechtes Gewissen wohl, dachte Emil.

»Was war also?« bohrte Rob weiter. Er zwinkerte Emil gewollt komisch und lüstern zu, während er damit fortfuhr, unverdrossen sein Essen hinunterzuschlingen.

»Nun ja«, sagte Emil, »die Sache hat sich irgendwie applaniert.«

»Applaniert!« Rob schrie vergnügt auf. »Was heißt denn das? Alles niedergewalzt, oder wie?«

Er ist mir ein bißchen zu laut, dachte Emil.

»Nein, nein«, sagte er, »wir haben uns in aller Freundschaft getrennt.«

»Sag ich doch! Alles niedergewalzt!« brüllte Rob und lachte. Dann verschluckte er sich, hustete und mußte Wasser trinken. Als er wieder zu Atem kam, murmelte er nur noch: »Ja, ja, diese Weibergeschichten«, und aß dann etwas manierlicher weiter.

»Hast du eine Frau?« fragte Emil ihn jetzt, eigentlich nur, um von sich selbst abzulenken.

»Eine?« witzelte Rob.

Warum kann er dieses krampfhafte Lustigsein nicht bleiben lassen? dachte Emil.

»Ob du verheiratet bist, hab ich gemeint.«

Emil hörte selbst, daß der Satz wie eine Rüge wirkte und sein Ton gereizt klang. Rob hörte auf zu kichern und sah ihn ein wenig mißtrauisch an.

»Sei nicht so streng, lieber Emil«, sagte er, »ich hab dich schon verstanden, aber was soll der blutige Ernst hier am Mittagstisch? Die Sache ist ernst genug, ja, ich bin verheiratet und Vater von zwei Kleinkindern, drei Jahre und neun Monate, ein Mädchen, Sandra, und ein Bub, Roger. Meine Frau heißt Marietta und ist fünf Jahre älter als ich. Sie ist auch berufstätig, ist eine pingelige Volksschullehrerin, und meine Schwiegermutter wohnt bei uns und paßt auf die Kinder auf. Reicht dir dieses trübe Szenario?«

»Entschuldige«, sagte Emil, »ich wollte dich nicht ausfragen.«

»Frag ruhig, aber bleib bitte gutgelaunt dabei. Mein Leben besteht daraus, mir trotz allem die gute Laune nicht nehmen zu lassen, verstehst du?«

»Verstehe«, sagte Emil.

Er hat recht, dachte er, ich benehme mich mißgelaunt und hätte heute allen Grund, glücklich zu sein, der Arme aber hat daheim sicher eine Familienhölle, quengelnde Kinder, eine nörgelnde Schwiegermutter, eine abgerackerte Ehefrau, und er bemüht sich hier tapfer ums Lustigsein.

»Ich habe mir eigentlich vorgestellt, daß du ungebunden bist«, sagte Emil, »meine Frage war eher eine rhetorische. Auf mich hast du immer den Eindruck eines fröhlichen Hallodris gemacht, der zwar ein prima Graphiker ist, Könner in seinem Fach, aber alles andere nicht tierisch ernst nimmt.«

»Genau«, sagte Rob, »genau so ist es, mein Freund. Ich versuche alles nicht tierisch ernst zu nehmen, weil ich sonst draufginge. Ich war nämlich absolut der Typ, den du dir vorgestellt hast. Aber dann habe ich Marietta kennengelernt, ganz nebenbei, möchte ich sagen, zufällig, bei Bekannten. Sie hat mir nicht einmal sonderlich gefallen, aber du weißt ja, wie man so ist, ich hab sie gefickt, fast aus Mitleid, möchte ich sagen. Aber dabei habe ich Trottel sie geschwängert, weiß der Teufel, wie es passiert ist, jedenfalls geschah das Kinderkriegen gegen meinen Willen, aber es geschah, eisern und unwiderruflich. Und aus war's. Natürlich mußte geheiratet werden. Auch den Buben, den Roger, hat sie mir noch abgeluchst. Jetzt bin ich total in den Klauen der beiden Frauen.«

Robert Hertl sah nicht mehr fröhlich aus, er blickte düster vor sich hin. Dann holte er Zigaretten aus seiner Hosentasche und zündete sich eine an. Da sie im Freien saßen, konnte er rauchen, und er tat es mit heftigen Zügen. Armer Kerl, dachte Emil, er ist ins Netz gegangen, man muß wirklich höllisch aufpassen.

»Du bist ledig, Emil?« fragte Rob.

»Ja, immer geblieben.«

»Beneidenswert.«

Emil nickte, so sehr war er in diesem Augenblick Robs Meinung, und er wußte, daß sein Nikken etwas Inbrünstiges an sich hatte. Rob schaute ihn an, lächelte schief und nickte dann ebenfalls, jedoch müde und ergeben.

»Tja«, sagte er.

»Tja«, sagte Emil.

Er hatte seinen Salat nicht aufgegessen und den Teller weit von sich geschoben. Jetzt füllte er sein Glas nochmals mit Wasser, schüttete ein wenig Weißwein dazu und trank es in einem Zug aus. Danach mußte er rülpsen, tat es möglichst diskret und lehnte sich in seinem Sessel zurück.

»Wie alt bist du?« fragte ihn Rob.

»Fünfzig vorbei.«

»Und da hat es dich noch nie erwischt?«

»Natürlich hat es mich erwischt, aber geheiratet hab ich nie.«

»Und wie ist dir das gelungen?«

»Nie unvorsichtig gefickt, keine geschwängert«, jetzt war es Emil, der zu Rob hinübergrinste, »und immer rechtzeitig abgehauen.«

»Ja, ich war ein Trottel«, sagte Rob und seufzte.

Der Kellner kam und servierte die Teller ab. »Kaffee?« fragte er, und beide Männer sagten: »Ja, gern.«

»Und wie lebst du so?« erkundigte Rob sich weiter.

»Normal«, sagte Emil.

»Und was heißt das für dich – normal?«

»Nun ja, so, wie ein Mann meines Alters als Junggeselle eben lebt. Die Arbeit bei Pinker freut mich, dann gibt es den Sport, das Auto, meine Wohnung –«

»– und die Frauen!« setzte Rob fort.

»Ach was«, sagte Emil.

»Und die Sache gestern, als du flüstern mußtest und nicht ins Büro kommen konntest, was war das? Da ging es doch um eine Frau. Oder?«

Rob beugte sich vor und starrte Emil eindringlich ins Gesicht, ihm war anzumerken, daß dieses Thema ihn anregte. Wenn der Kerl wüßte, daß ich da gerade befürchten mußte, eine Frau hätte sich neben mir umgebracht, dachte Emil. Er hat sicher Porno-Bilder vor Augen, so wie er mich jetzt erwartungsvoll anglotzt.

»Dein Applanieren kann ich mir gut vorstellen«, Rob, jetzt wieder grinsend, blieb bei der Sache, »auch diese ominöse Trennung in aller Freundschaft. Ich weiß zwar nicht, seit wann man Sex so nennt, aber wenn sowas einen Tag lang dauert und einer so geschafft aussieht wie du heute, kann ich mir äußerst lebhaft vorstellen, was da los war. Diese Fickereien zum Abschied haben es in sich!«

»Rob«, sagte Emil, »stell dir lieber nicht so viel vor. Wie ich jetzt ja weiß, haben diese Fickereien dir nicht eben Glück gebracht, laß dein ewiges Getue mit den Frauen lieber bleiben.«

»Das kann ich nicht«, gab Rob ruhig zur Antwort.

»Was kannst du nicht?«

»Das Getue mit ihnen bleiben lassen. Falls du mit Getue meinst, sie flachzulegen. Das kann ich einfach nicht bleiben lassen.«

Nach diesem Eingeständnis sah Rob ihn traurig an. Der Mann tut mir leid, dachte Emil, ein Glück, wenn man so nicht leben muß, so getrieben.

»Aber wie kann man sich nur so viele Scherereien aufhalsen und dann trotzdem nicht aufhören, Frauen ins Bett kriegen zu wollen?« sagte er. »Was, bitte, hat man davon, wenn es einem gelingt?«

»Das fragst du?«

»Ja, das frage ich.«

Ich glaube, wir sind in eines dieser typischen Männergespräche geraten, dachte Emil, obwohl ich die ums Verrecken nicht leiden kann. Eigentlich ist mir völlig egal, was Rob davon hat, ständig mit Frauen ins Bett zu gehen, aber ich sehe ihm an, daß er gerne auspacken möchte.

»Ich fühle mich lebendig, wenn sie unter oder auf mir liegen«, sagte Rob, und ein weicher Schimmer trat in seine Augen, »ich habe diese Körper einfach gern.«

»Das ist alles?«

»Natürlich nicht. Dazu kommt schon die Lust an der Lust, und dann auch der Orgasmus. Man verliert sich so.«

»Aber die Frauen wollen sich nicht verlieren, mein Lieber, sie wollen von dir gefunden und bewahrt werden, möglichst für immer und ewig. Doch wem sage ich das.«

Rob musterte Emil.

»Ich frage mich, was du gegen Frauen hast. Bist du schwul?«

Da der Kellner an den Tisch trat und ihnen den Kaffee servierte, gab Emil vorerst keine Antwort.

»Muß man schwul sein, wenn man im Hinblick auf Frauen skeptisch ist?« fragte er dann zurück.

»Mit Skepsis kann man nicht lieben«, sagte Rob.

»Ein schöner Satz«, sagte Emil, »aber ist Flachlegen lieben?«

»Warum nicht, wenn es mit Liebe geschieht.«

»Willst du mir jetzt sagen, daß du jede Frau liebst, die du flachlegst?«

»In gewisser Weise schon, zumindest während ich es tue.«

»Aber danach müßte Schluß sein, oder?«

Rob lachte auf.

»Ja, du hast recht«, sagte er. »Danach müßte Schluß sein, und die Sache wäre perfekt.«

Sie tranken beide ihren Kaffee.

»Was aber ist jetzt mit dieser Frau von gestern?« fragte Rob nach einer Weile. »Werdet ihr euch weiter sehen, in aller Freundschaft? Was ist mit dir eigentlich los?«

Jetzt fängt er an, zu insistieren und mir lästig zu werden, dachte Emil, so habe ich mir die erwünschte Männerfreundschaft weiß Gott nicht vorgestellt, im Vergleich dazu war ja Constanze die Diskretion in Person.

»Was soll mit mir los sein?« sagte er. »Ich habe mit einer Frau Schluß gemacht, that's it.«

»Und die andere?«

»Welche andere?«

»Es gibt immer eine andere.«

Emil schwieg. Warum sage ich jetzt nichts, dachte er, was hat mir auf einmal die Rede verschlagen? Doch nicht, daß ich plötzlich ein blasses Gesicht mit großen grauen Augen vor mir sah. Ganz kurz nur, aber warum überhaupt? Warum ist mir plötzlich Maries Gesicht in den Sinn gekommen, ihre Lippen, und unser Kuß?

»Sie hat Leukämie«, sagte er und erschrak.

Bin ich verrückt? dachte er. Warum sage ich das denn diesem fremden Mann, der Frauen so gern flachlegt und mir damit gerade auf die Nerven geht? Was hat dieser Rob mit meiner Marie zu tun? Nicht möglich! Habe ich das jetzt wirklich so gedacht, *mit meiner Marie*? Darf nicht wahr sein. Männergespräche sind Schwachsinn, man merkt, wohin sie führen.

»Wer hat Leukämie? Die Neue?« fragte Rob.

Er hatte sich vorgebeugt und seine Arme aufgestützt. Mit welchem Interesse er mir ins Gesicht starrt, dachte Emil. Nein, nicht nur mit Interesse, es ist mehr, es ist fast so etwas wie Mitgefühl, es wirkt auf mich wie ein Sog, das spüre ich. Ich muß mich hüten.

»Es gibt keine Neue«, sagte Emil und kramte in seiner Hosentasche angelegentlich nach Geld, »nur eine kranke Person, der niemand helfen kann. Aber lassen wir das. Ich werde jetzt zahlen.«

»He, Emil«, rief Rob, »hör auf, dir etwas vorzumachen!«

»Ich mache mir nichts vor!«

Emil hatte, plötzlich wütend geworden, zurückgeschrien. Wie ärgerlich, dachte er, wohin geraten wir hier nur? Wir machen jetzt Schluß und gehen in die Firma zurück, die Mittagspause war ohnehin lang genug.

»O doch, mein Lieber!« Rob blieb laut, er schien nicht locker lassen zu wollen. »Bei dir hat man rasch den Eindruck, daß du dir in jeder Hinsicht etwas vormachst! Ich kenne solche Typen wie dich, die Arbeit soll alles andere ersetzen, beruflich bleiben sie auf Trab, während privat alles verkümmert! Ihr seid ja alle nur deshalb –«

Rob brach ab und strich sich mit beiden Händen über das Gesicht, so, als könne er seinen unvermutet ausgebrochenen Zorn auf diese Weise wieder vertreiben. Dann seufzte er auf und sah vor sich hin.

»Da bleibe ich lieber das, was ich bin«, fügte er nach kurzem Schweigen hinzu, »nichts als ein ausgebeuteter, armseliger Familienvater, der aber trotzdem und immer wieder Frauen lieben kann.«

Er sah Emil an und lächelte kläglich.

»Nicht böse sein«, sagte er, »ich wollte dich nicht beleidigen, ist mir nur so rausgerutscht. Kommt von meiner Misere, weißt du. Und weil ich dich letzten Endes wohl doch irgendwie beneide.«

»Schon okay«, sagte Emil.

Nichts ist okay, dachte er, der Mann hat mich

angegriffen, und ich hätte mich eigentlich zur Wehr setzen müssen. Warum nur hab ich es nicht getan?

»Warum wehrst du dich eigentlich nicht?« fragte Rob.

»Wie bitte?«

»Nun ja, warum läßt du dir widerspruchslos gefallen, was ich dir an den Kopf geworfen habe? Heißt das etwa, daß ich nicht ganz unrecht hatte? Daß du mir unbewußt zustimmst?«

»Hör mal, Rob«, sagte Emil, »jetzt ist aber Schluß mit deiner Gesprächstherapie! Ich habe dich zum Essen eingeladen, ich wollte, daß wir uns ein bißchen näher befreunden und es nett miteinander haben. Auch, weil mir dein Humor, dein Jüngersein, deine lebhafte Art immer gefallen haben. Wovon ich nichts ahnte, ist deine sexuelle Abhängigkeit und, parallel dazu, dein verunglücktes, also dich in keiner Weise beglückendes Familienleben. Aber beides würde mich nicht stören, so sehen eben die unerwarteten Konstellationen aus, wenn man einem Menschen näher rückt. Was ich jedoch nicht aushalte, lieber Rob, sind deine Psycho-Theorien. Ich will mir von dir nicht erklären lassen, wer ich bin und was mir fehlt, verstanden? Und ich will auch nicht wissen, wer du bist und was dir fehlt. Habe ich mich deutlich genug ausgedrückt?«

Rob hatte offensichtlich aufmerksam gelauscht,

er saß entspannt zurückgelehnt da und schaute Emil mit einem leichten Lächeln an.

»Das kann man wohl sagen«, antwortete er.

»Also zahle ich jetzt.«

Emil winkte den Kellner herbei, der in der Tür des Restaurants lehnte und sicher auch ein wenig mitgehört hatte. Er kam mit der bereits vorbereiteten Rechnung an den Tisch.

»Gut, daß die Herren zahlen wollen, wir haben schon Nachmittagspause«, sagt er, »aber im Garten können Sie gern noch sitzenbleiben.«

»Werden wir sicher nicht«, sagte Emil und zahlte.

»Danke für die Einladung«, sagte Rob, als der Kellner wieder im Inneren des Lokals verschwunden war. Emil stopfte wortlos das Restgeld und die Rechnung in seine Hosentasche und wollte aufstehen.

»Tut mir leid, daß ich dich verärgert habe«, Rob faßte nach Emils Arm und hielt ihn zurück, »das wollte ich wirklich nicht.«

»Ist dir leider gelungen, Rob. Jetzt aber Schwamm drüber.« Emil befreite sich aus Robs Griff und stand auf. »Gehen wir? Heute gibt es noch einiges zu tun, du weißt, die neuen Muster aus Venedig sind geliefert worden.«

»Setz dich nochmals, nur kurz«, sagte Rob, »bitte!«

Was hat er? dachte Emil. Warum plötzlich dieser fast innige Ton, der gefällt mir nicht.

»Was ist?« fragte er.

»Wegen der Neuen und ihrer Leukämie –«

»Rob, laß das bitte!« unterbrach Emil ihn sofort. »Ich will darüber nicht sprechen, verstehst du?«

»Ich hätte dir aber Wichtiges darüber zu sagen!«

Rob sah ihn so eindringlich an, daß Emil sich wieder hinsetzte. Dieser Bursche ist ja eine Nervensäge, dachte er.

»Rob«, Emil war um Milde bemüht, es klang, als spräche er zu einem Kind. »Ich weiß, es war mein Fehler, überhaupt davon anzufangen. Ich habe es nur getan, weil ich gestern – nun ja – ehrlich gesagt, weil ich selbst eine Weile glaubte, Blutkrebs zu haben, es war aber ein Irrtum des Labors – wie auch immer –«

»Und die Neue hat ihn, den Blutkrebs?«

»Bitte rede nicht immer von der Neuen!« fuhr Emil hoch. »Das ist unerträglich! Es gibt keine Neue, keine andere, ich hab nur eine Frau kennengelernt, die an dieser Krankheit leidet, das ist alles. Und jetzt ist wirklich Schluß. Ich jedenfalls gehe zurück in die Firma, du kannst ja noch sitzen bleiben, wenn du willst.«

Als Emil mit wütender Entschlossenheit aufstehen wollte, hielt Rob ihn wieder zurück. Diesmal faßte er sogar mit beiden Händen nach ihm und klammerte sich an seinen Jackenärmeln fest. Der Mann spinnt! dachte Emil.

»Sei doch nicht so stur!« schrie Robert Hertl, er schrie so laut, daß der Kellner wieder in die Tür trat und zu ihnen hersah. »Ich spüre, daß dir an dieser Frau etwas liegt! Sonst hättest du sie doch mir gegenüber nicht erwähnt, da wäre dir auch nicht ein Furz über sie rausgerutscht. Und dann war's gleich ihre Krankheit.« Er war wieder leiser geworden und löste seine Hände von Emil. »Schau, Emil, folgendes: Vielleicht kann eine Knochenmarkspende ihr das Leben verlängern –«

»Bitte hör auf, Rob!«

»– und vielleicht wärest du ein geeigneter Spender? Damit könntest du ihr helfen.«

»Hab ich etwa gesagt, daß ich ihr helfen will? Hab ich nicht vorhin dezidiert gesagt, daß ihr nicht zu helfen ist?«

»Welche Art von Leukämie hat sie denn?«

»Keine Ahnung, und es interessiert mich auch nicht.«

Emil stand auf und wandte sich dem Kellner zu, der immer noch in der Tür des Restaurants stand und zu ihnen herspähte. Mit einem Lächeln nickte er ihm zu, und der Kellner verschwand kopfschüttelnd wieder im Lokal.

»Ich habe Knochenmark gespendet«, sagte Robert Hertl.

Emil drehte sich um und starrte ihn an.

»Was hast du?«

»Einem Freund von mir.«

»Hast du Knochenmark gespendet?«

»Ja. Es geht ihm bis heute gut, er lebt jetzt in Australien.«

Man hatte die Sendung gemusterter und marmorierter Mappen, die mit bunten Bändchen zu schließen waren, auf Emils Arbeitstisch abgelegt. Er hatte diese Ware selbst angefordert, um Friedrich Pinker davon zu überzeugen, wie gut sie ins Sortiment der Firma passen würde. Als er mit Constanze ein Wochenende in Venedig verbracht hatte, waren sie ihm aufgefallen. Und das, obwohl dort eine Überfülle solcher Papierwaren zu finden ist, fast so penetrant reichlich wie die Berge bunter, goldener und silberner Karnevalsmasken in unzähligen Auslagen und Marktständen. Aber diese Mappen, von denen er dann einige Exemplare zur Ansicht hatte kommen lassen, wirkten anders auf ihn. Er war vor dem Schaufenster einer Papeterie stehen geblieben und hatte Constanze am Arm zurückgehalten, um ihr zu zeigen, was ihm da plötzlich so überaus gefiel. Zwar hatte sie sofort gesagt: »Schauen die Mappen nicht genau so aus wie der ganze andere Schreib-Krempel?«, aber ohne ihr zu widersprechen, versuchte er dennoch eine Erklärung für sein Wohlgefallen zu finden. »Sie erinnern mich an meine Schulmappen«, sagte er, »oder besser noch: an die Schulmappen, die ich gerne gehabt hätte.« Sie standen vor dem Laden, in der Wintersonne, Constanze hatte ihn erstaunt gemustert und gefragt: »Du und Schulmappen? Bist du gerne in die Schule gegangen?« »Warum sagst du das so ungläubig, als wäre es ein Ding der Unmöglichkeit?« hatte er geantwortet und, als sie fröhlich auflachte, nach einer Weile hinzugefügt: »Jedenfalls hätte ich damals gerne diese Mappen besessen.« – »Warst du ein ambitionierter Schüler?« Wieder klang Constanzes Frage so, als könne sie sich solches bei ihm, Emil, nicht vorstellen, und er erinnerte sich an die leise Wut, die deshalb in ihm aufgestiegen war. Er hatte nicht mehr geantwortet, sondern den Laden betreten und sich nach der Herstellerfirma erkundigt. Jetzt lagen die Mappen gehäuft auf seinem Schreibtisch, in seinem eleganten Büro bei *Pinker & Sohn*.

War ich ein ambitionierter Schüler? dachte

Emil plötzlich. Eher nicht, glaube ich, eher war ich ein Faulpelz. Nur der Sport interessierte mich, alles andere fand ich langweilig. Oder war es so, daß es in der Schule, unter den Schülern, vor allem dann im Gymnasium, zum guten Ton gehört hatte, alles andere langweilig zu finden? Hätte man ihn nicht ausgelacht, wenn er gemusterte Mappen mit bunten Bändchen in seiner Schultasche gehabt hätte? Waren Constanzes leicht spöttische Fragen durchaus berechtigt gewesen? Und seine schlechte Laune danach, die sogar anhielt, als sie im Vaporetto auf die Giudecca hinübergefahren waren und dort in einer einfachen Trattoria zu Abend aßen – war ihm überhaupt bewußt gewesen, weshalb diese Verstimmung ihn überkommen hatte?

Wie ärgerlich, dachte Emil, dieser Rob hat mich angesteckt mit seinen Seelenblähungen, warum frage ich plötzlich auch danach, ob mir irgend etwas bewußt gewesen ist? Ich habe damals in Venedig einfach nicht darüber nachgedacht, und die schlechte Laune verzog sich von selbst. So soll es schließlich auch sein! Grübeleien bringen nichts, haben mir noch nie etwas gebracht.

Emil, der zurückgelehnt in seinem Bürostuhl gesessen war, stand jetzt auf und begann die Mappen zu sortieren und sie in die Kartons zurückzuräumen. Sie ihm einfach auf den Tisch zu kippen, typisch! dachte er. Nur ja keine Arbeit übernehmen, wenn man dazu nicht gezwungen wird.

Er wählte den Anschluß des Büroassistenten, und als der sich schläfrig meldete, herrschte er ihn an. »Schlaf nicht, Hubert, sondern hol die Kartons mit den Venedig-Mappen bei mir ab, trag sie ins Konferenzzimmer und leg sie dort auf!«

»Heute noch?« Die Frage klang unwillig.

»Ja, heute noch. Morgen früh will ich sie dem Pinker präsentieren!«

»Okay«, murmelte der Assistent.

Faules Pack, dachte Emil und nahm eine letzte Mappe zur Hand, die noch auf seinem Schreibtisch lag. Sanftes Orange und Gelb, die Bändchen zinnoberrot. Und wieder fiel ihm seine Schulzeit ein, und gleichzeitig Constanzes leichtfertige Gewißheit, er müsse ein schlechter oder unwilliger Schüler gewesen sein. Zu seiner Verwunderung fühlte er auch wieder Zorn in sich aufsteigen, genau wie damals in Venedig.

Als er in die Schule gekommen war, hatte es ihm dort eigentlich sehr gut gefallen, auch weil er dadurch von zu Hause weg konnte. Damals schon, dachte Emil, damals schon fühlte ich mich vom Familienleben eingeengt, entrann ich gerne der Fürsorge meiner eitlen, immer allzu sorgfältig zurechtgemachten Mutter, schritt ich gerne durch das Schultor in eine andere, neue Welt, die einzig und allein die meine werden sollte. Ja, und damals gab es Mappen! fiel es Emil plötzlich ein. Ja, die Lehrerin, seine erste Lehrerin, eine sehr hübsche, zarte Frau, in die er sofort verliebt war, hatte Mappen ausgeteilt! Genau! Zwar nicht so erlesene wie die hier, sie waren grau, mit schwarzen Rücken und Bändchen, aber er hütete die Mappe, die ihm Frau Lehrerin Rosenhofer – so hieß sie! ja, so hieß sie! – die sie ihm lächelnd überreicht hatte, wie einen Schatz. Die Kinder sollten daheim, neben den Hausaufgaben, Blätter mit Zeichnungen und Buchstaben versehen und in diesen Mappen sammeln, das war der Wunsch von Frau Lehrerin Rosenhofer gewesen. Und er, Emil, hatte gesammelt wie verrückt, hatte geschrieben und gezeichnet, ganze Nachmittage auf diese Weise zugebracht, wie hatte er das nur vergessen können! Daheim kümmerte sich niemand um ihn, wenn er nur still war, und er war besonders still, wenn er angeblich Hausaufgaben machte und dabei auf ein Papierblatt nach dem anderen mit Buntstiften oder Bleistift malte oder schrieb. Frau Lehrerin Rosenhofer hatte diese Fülle bestaunt und ihn gelobt und sogar einmal: »Du wirst wohl ein richtiger Künstler werden, Emil«, zu ihm gesagt.

Du wirst wohl ein richtiger Künstler werden, Emil.

War es das?

Lag es an diesem Satz, den er bis heute vergessen hatte, daß er zornig geworden war? Damals in Venedig auf Constanze, heute auf sich selbst? Lag es an der Verheißung in diesen Worten, die sich nicht erfüllt hatte? Warum bin ich kein Künstler geworden, fragte Emil sich, wenigstens irgendeiner, wenn schon kein richtiger? Nach der Volksschule und dem endgültigen Abschied von Frau Lehrerin Rosenhofer hatte er aufgehört zu schreiben und zu zeichnen. Wohin die Mappe mit seinen frühen Versuchen geraten war, weiß er nicht mehr.

Emil strich mit den Fingern über die Innenseite der aufgeschlagenen Mappe, wo kaum sichtbar Schubfächer angebracht waren, um Notizen, Zettelchen und Zeitungsausschnitte zu bewahren, all das eben, woraus Ideen erwachsen können. Ich wurde strohtrocken, dachte Emil, nichts mehr erwuchs aus mir, kein Schimmer einer künstlerischen Idee, es ging nur noch um Sport, schnelle Autos und Geldverdienen. Warum eigentlich? Warum habe ich mir ähnliche Glücksgefühle wie die über der grauen Schulmappe, wenn ich sorgfältig eine neue, von mir gestaltete Seite einlegen konnte, danach so unerbittlich und für alle Zeit untersagt? Das heißt – untersagt habe ich mir ja nichts, es hat sich einfach nicht mehr eingestellt. Ich hatte reichlich damit zu tun, mein Wirtschaftsstudium, die Mädchen, erste Reisen, sportliches Training und Wettkämpfe, all das, was das Leben eines jungen Mannes auszumachen schien, möglichst erfolgreich zu bestehen. Als ich beide Eltern losgeworden war, ging es mir auf diese männliche Weise gut. Ich las kein Buch, ging nicht oft ins Theater und selten bis überhaupt nicht in Ausstellungen. Später waren es Frauen, von denen ich zeitweilig in künstlerische Bereiche gezerrt wurde. Aber eben nur zeitweilig und stets mußte man mich zerren.

Emil schloß die orangefarbene Mappe, seufzte auf und starrte noch eine Weile auf sie herab. Dann knüpfte er das zinnoberrote Bändchen sorgsam zu einer Schleife und legte die Mappe obenauf in einen der Kartons.

Jemand klopfte an die Tür und betrat sein Büro.

»Na endlich, komm rein, Hubert!« sagte Emil, ohne aufzusehen.

»Ich bin es.«

Es war Robert Hertl, der vor seinem Schreibtisch stand.

»Ja? Was ist?«

Hoffentlich kommt Rob mir nicht nochmals mit dieser Knochenmarkspende, dachte Emil. Ich will das nicht. Ich will davon nichts mehr hören.

»Schau mich nicht so düster an«, sagte Rob, »ich laß dich schon in Ruhe mit dem leukämiekranken Mädel.«

»Ja, tu das bitte«, sagte Emil.

»Obwohl du ein Scheißkerl bist«, fügte Rob hinzu.

»Meine Sache.«

»Wie du meinst.«

»Exakt.«

Sie starrten einander an. Wir werden langsam zu Feinden statt zu Freunden, dachte Emil.

»Willst du dich nicht setzen«, sagte er schließlich, »und mir sagen, worum es geht?«

Rob setzte sich.

»Gut«, sagte er dann, »bleiben wir wieder einmal bei dem, worum es letztlich überhaupt nicht geht. Also, der Chef möchte für die Läden eine neue Werbelinie entwickelt sehen, ich habe ihm schon ein paar Ideen vorgelegt, soll sie aber mit dir besprechen, hat er gemeint, er selbst sei unschlüssig.«

»Gern«, sagte Emil, »machen wir morgen, ja? Nachdem ich dem Pinker das neue Venedig-Sortiment präsentiert habe, am späten Vormittag, ist dir das recht?«

»Natürlich, Scheißkerl«, sagte Rob.

»Hör auf«, sagte Emil.

»Hauptsache, du bist gesund, was?«

Emil wurde heiß, gleich würde ihm wieder der Schweiß ausbrechen, er fühlte es kommen.

»Laß mich bitte in Ruhe, Rob«, sagte er. »Es

geht dich nicht das geringste an, wer da gesund oder krank ist, ich betrachte dich nicht als meinen Vertrauten, sondern nur als Bürokollegen, damit das klar ist. Jedes Wort zuviel, das ich gesagt habe, tut mir im Nachhinein leid. Vergessen wir unsere mittägliche Diskussion und beschränken wir uns in Zukunft auf das Berufliche, ich bitte dich darum.«

Gott sei Dank, ich bin ruhig geblieben, dachte Emil.

Rob saß ihm ungewöhnlich lange schweigend gegenüber und starrte ihn unverwandt an, so, als hätte er ein fremdartiges Tier vor Augen.

»Also morgen vormittag, Rob? Du kommst mit dem Konzept zu mir?«

Emil bemühte sich, die Fragen sachlich und mit formeller Höflichkeit zu stellen.

»Natürlich, Scheißkerl«, sagte Rob.

»Verlasse sofort mein Büro!« schrie Emil.

»Aber natürlich, Scheißkerl«, sagte Rob.

Er stand auf und ging aus dem Zimmer, ohne sich nochmals umzudrehen.

Die Abendsonne war bereits hinter der Hügelkette versunken und hatte ein rötliches Leuchten hinterlassen, das immer noch den Himmel füllte und die Landschaft erhellte. Emil stieg den Pfad aufwärts. Wieder bin ich nicht schwimmen gegangen, obwohl ich es vorhatte, dachte er.

Er setzte gemächlich einen Fuß vor den anderen, war zu müde, um energisch auszuschreiten. Schon im Büro meinte er vor Müdigkeit umzufallen. Nach Robert Hertls unverschämtem Abgang hatte er Herzstechen gehabt und ein Glas Wasser trinken müssen. Dann war der Büroassistent aufgetaucht, um die Kartons endlich abzuholen, und dessen lethargisches Hereinschlurfen und traniger Blick hatten ihn ebenfalls aufgeregt. Nur mit äußerster Anstrengung konnte er vermeiden, ihm eine Szene zu machen, nur »für deine Jugend, Hubert, bist du eindeutig viel zu lahmarschig« zu sagen, konnte er sich nicht verkneifen. Als der Bursche verschwunden war, gähnte Emil nur noch und wäre fast über seinem Tisch eingeschlafen. Also faßte er den Entschluß, das Büro für heute bleiben zu lassen und schwimmen zu gehen, das würde seine Lebensgeister wieder aufwecken. Anschließend ein paar Leckerbissen aus dem Delikatessenladen, die er daheim vor irgendeinem Fernsehprogramm genüßlich verzehren würde, und früh zu Bett, so lautete sein Plan. Und jetzt stieg er mit langsamen Schritten den vom Sommer ausgedörrten Pfad aufwärts, durch einen lauen rötlichen Abend, und wußte weder, wohin er ging, noch warum er es tat. Warum er seinen zuvor gefaßten Plan nicht eingehalten hatte. Meine Pläne einzuhalten und nie aufzugeben, war für mich doch Lebensgrundsatz, dachte Emil, dieser falsche Laborbefund war es, der hat bei mir alles durcheinander gebracht. Eine Zeitlang im Gefühl zu leben, todkrank zu sein, hat mir Standfestigkeit geraubt. Arme Marie, wie soll sie nur standhalten.

Emil blieb stehen. Er hörte seinen Atem, leichte Windstöße ließen das bereits trockene Laub knistern, aber davon abgesehen war der Abend lautlos still. So nahe über der Stadt diese Stille, erstaunlich, dachte Emil. Ich habe mir doch vorgenommen, über Marie nicht mehr nachzudenken, warum fiel sie mir jetzt wieder ein? Und warum gehe ich diesen Pfad aufwärts, auf dem ich ihr zum ersten Mal begegnet bin? Sie schritt langsam der Höhe zu wie ich jetzt, und ich, bergablaufend, wäre fast in sie hineingerannt. Und da sah ich zum ersten Mal diese großen grauen Augen auf mich gerichtet. Was sie jetzt wohl tut? Ob die erste Chemotherapie heute sie sehr mitgenommen hat? Sie liegt wohl ausgestreckt auf ihrem großen Bett.

Hat wohl dasselbe rote Abendlicht im Zimmer und eine ähnliche Stille. Hier ist beides irgendwie schön, aber allein in einer kleinen Wohnung, wenn einem totenübel ist und sich niemand um einen kümmert, muß es niederdrückend sein.

Wo Emil angehalten hatte, erhob sich neben dem Pfad eine sanfte Böschung, in einigem Abstand davon begann Buschwerk, weit dahinter der Laubwald. Das Licht des Abends wich allmählich der Dämmerung. Emil setzte sich auf die Böschung, saß vorerst aufrecht da. Dann jedoch lehnte er sich zurück, streckte die Beine aus und lag schließlich bequem im warmen, trockenen Gras. Ich werde wieder am Wegrand einschlafen, dachte er, dabei sollte ich umkehren, es wird bald Nacht.

Er starrte in den rötlichen Himmel und wurde auf angenehme Weise schläfrig. Wo die Dunkelheit aufstieg, flimmerten bereits einige Sterne, und der Abend war lau.

Im Lauf des Tages hatte man ihn immer wieder angerufen und für den Abend eingeladen, »wir machen es ganz spontan«, »ich hoffe, du hast nichts vor«, war der immer gleiche Tenor. Bei sämtlichen Freunden und Bekannten schienen Grill-Feste stattzufinden. Alle wollten diesen Abend, diese warme Nacht, wohl eine der letzten diesen Sommers, dafür nutzen. Zwar hatte Emil fast überall lose zugesagt, aber ihm fehlte plötzlich die Lust, auch nur einen dieser nach gebratenem Fleisch und Rauch riechenden Gärten oder irgendeine verqualmte Dachterrasse zu betreten, wo man bereits dabei war, sich vollaufen zu lassen. Außerdem bestand die Möglichkeit, auf Constanze zu treffen, und dem wollte er sich nicht aussetzen. War er doch erleichtert, daß sie ihn seit gestern nicht mehr angerufen hatte, die Trennung also akzeptiert zu haben schien, da wäre heute jede zufällige Begegnung Gift.

Emil fühlte, daß seine Lider schwer wurden. Die Augen würden ihm demnächst zufallen. Wirklich hier einschlafen, fragte er sich, und mich später bei völliger Finsternis den steinigen Pfad abwärtstasten? Nein, lieber nicht.

Er richtete seinen Oberkörper auf, blieb jedoch sitzen und schaute vor sich hin. Nein, Constanze hatte zum Glück nicht mehr bei ihm angerufen. Das war gut.

Aber auch Marie Liebner hatte sich nicht bei ihm gemeldet. Obwohl sie dezidiert gesagt hatte, daß sie es nie mehr tun würde, nahm er heute trotzdem bei jedem Anruf an, sie könnte es vielleicht sein. Vielleicht sogar hoffte er, sie könnte es sein? Wünschte er gar, sie könnte es sein?

Emil nahm wahr, daß er abwehrend den Kopf schüttelte. Da sitze ich mutterseelenallein mitten in der Landschaft und schüttle den Kopf, dachte er, für wen tue ich das, für mich etwa? Und warum schüttle ich den Kopf, schließlich war es doch so. Emil schloß kurz die Augen, dann starrte er wieder vor sich hin. Ja, es war so. Obwohl er sich mit Rob ihretwegen wohl für immer zerstritten hat, obwohl dessen Forderungen, Marie Liebner beizustehen, ihn bis aufs Blut reizte, hatte er trotzdem ständig auf ihren Anruf gewartet.

»Darf nicht wahr sein«, sagte Emil laut vor sich hin und stand auf. Obwohl der rötliche Schein zur Gänze verglommen war, war es noch hell. Hell genug, daß Emil den Weg ohne Mühe abwärts gehen konnte. Es war diese seltsame, lichtlose Helligkeit vor dem Dunkel der Nacht, in der man zu schweben scheint, in der alle Konturen sichtbar sind, aber sich dennoch auflösen und in einem fernen Raum verschwimmen. Wenn sie auf der Gasse gespielt hatten, er und die Nachbarskinder, hatte die Mutter ihn meist erst bei Einsetzen der Dunkelheit nach Hause gerufen. Und erst bei Einsetzen der Dunkelheit gingen die Straßenlampen an. Doch manchmal verspätete sich an Sommerabenden beides, der Ruf der Mutter und das Licht der Straßenlampen. Und da gab es dann für kurze Zeit diese magische letzte Helligkeit und seinen eigenen Schwebezustand in einer verschwimmenden Welt. So wie jetzt. Da hatte er stets aufgehört, mit den anderen Kindern zu spielen, und sich gewissermaßen in sich selbst zurückgezogen. Er war still dagestanden, bis es gänzlich finster war.

Emil hielt an und stand auch jetzt reglos da.

Ich glaubte immer, keinerlei Kindheitserinnerung mit mir herumzutragen, dachte er, und jetzt plötzlich wieder etwas aus der Kindheit, das ich vergessen hatte. Oder weggeschoben. Aus meinem Gedächtnis geschoben. Wohin fällt wohl das alles? Woher kommt eine verloren gewesene Erinnerung?

Wenn das so weitergeht, wird es mich beunruhigen. Ich wollte immer Ruhe vor der Vergangenheit, ich bin ein Gegenwartsmensch, das Vergangene ist schließlich vorbei, es heraufzurufen, belästigt doch nur. Klar, daß ich weiß, wie mein Leben verlaufen ist. Klar, daß ich noch ziemlich deutlich vor Augen habe, wie meine Eltern aussahen, meine Lehrer, meine Liebschaften, all die Mädchen und Frauen, ja, zum Teufel, ich hab's vor Augen, wenn ich will. Aber meist will ich es nicht, und die Bilder verblassen. Und wenn dieses Hervorkramen von Erinnerungen mich dennoch irgendwann eingeholt hatte, dann nur, weil es aus irgendeinem Grund sein mußte. Das Sterben meiner Mutter fiel mir ein, als ich dachte, selbst sterben zu müssen. Der Strand von Malindi, weil ich in Panik auf einen Teppich starrte, und so weiter, und so weiter, es bedurfte immer eines dringlichen

Anlasses, Bilder aus der Vergangenheit zuzulassen. Aber was läßt jetzt Erinnerungen aufsteigen, unwichtige, sehr zarte, die damals nichts brachten und jetzt schon gar nichts bringen? Nichts außer dem Gefühl, angreifbar zu werden. Ja, die Vergangenheit ist ein Feind, sie greift einen an.

Es war dunkel geworden. Sterne standen am Himmel, gegen den sich die Hügel und Wälder tiefschwarz abhoben, und der Pfad zu Emils Füßen war nur schwer auszunehmen. Trotzdem ging er abwärts, vorsichtig einen Schritt vor den anderen setzend, und in die Finsternis starrend, als könne sein Blick sie durchdringen. Aber er sah kaum etwas. Er mußte sich auf seinen Tastsinn und auf sein Gehör verlassen, das Rollen der Steinchen wahrnehmen und wie es klang, wenn er auftrat, überprüfen, ob er sich noch auf dem Pfad befand und nicht Gefahr lief, sich bereits im Wurzelwerk der den Weg säumenden Bäume zu verheddern. Ich bin völlig verrückt, dachte Emil, mich so durch die stockdunkle Nacht zu quälen, statt daheim im Bett zu liegen und die Strapazen der letzten Zeit auszuschlafen. Bei Marie ist es jetzt wohl ebenfalls dunkel, ob sie die Nachttischlampe angedreht hat? Oder ob sie im Dunkeln liegt und nicht schlafen kann? Ich hätte ihr sagen müssen, daß sie mich trotzdem anrufen soll, trotz all ihrer Bedenken, daß sie mir berichten soll, ob und wie die Chemo ihr zusetzt, und daß es besser ist, darüber mit jemandem zu reden.

Daß es besser ist, mit jemandem darüber zu reden.

Emil war stehengeblieben.

Habe ich das jetzt wirklich gedacht? Ich habe gedacht, es sei besser, über Leid zu reden, statt es zu verschweigen? Ich muß auf mich aufpassen, ich bin im Begriff, abzugleiten, in so etwas wie in ein wehleidiges Mitgefühl hineinzufallen. Wo ist denn meine Wut geblieben, die mich bei Robs Psychogerede fast platzen ließ? Schluß jetzt mit meiner Rührseligkeit, Schluß mit diesen immer wiederkehrenden Gedanken an Marie Liebner.

Als Emil entschlossen weiterging, tat er es zu unüberlegt. Er glitt auf dem steinigen Grund aus und stürzte. Als er sich abfangen wollte, stach irgend etwas tief in seine Handfläche, er schrie auf, noch ehe es ihn zu Boden schleuderte. Ein heftiger Schmerz durchfuhr ihn, als er aufprallte und weiter abwärts schlitterte. Es war ihm unmöglich, sein Gesicht zu schützen, das, von Steinen und Geröll aufgeschürft, über den Boden geschliffen wurde.

Als der Sturz und die Talfahrt ein Ende fanden, blieb Emil reglos liegen. Er meinte, nur noch ein wundes Knäuel zu sein. Plötzlich hörte er sein eigenes Zähneklappern. Das ist der Schock, dachte Emil, daß mir so kalt ist, daß ich zittere und meine

Zähne klappern, das ist nur der Schock, ich bin eben erschrocken, sicher fehlt mir nichts.

Aber er blieb weiterhin liegen und rührte sich nicht. Undurchdringliche Finsternis umhüllte ihn. Aus den Waldungen stieg nächtliche Kühle auf und er fror. Sein Körper schien nur aus Schmerz zu bestehen, und er hätte gerne geweint. Wäre ich ein Kind, würde ich jetzt weinen, dachte Emil. Ich glaube, mir fließt Blut über das Gesicht, ich habe diesen Geschmack im Mund. Und ich habe Angst, mich zu bewegen und aufzurichten, weil ich nicht weiß, ob es mir gelingen wird. Vielleicht ist etwas gebrochen. Was mache ich nur mit mir? Warum war ich so idiotisch unterwegs? So etwas wäre mir früher nie passiert, das kommt davon, wenn man an eine Frau so zu denken beginnt. So, als wäre sie mit einer Bedeutung verbunden, die über ihr bloßes Vorhandensein als Frau hinausgeht. So soll man an Frauen nicht denken, sie sind Begleiterscheinungen des Lebens und nicht das Leben selbst. Da lobe ich mir sogar Robs anbetende Liebe zum Frauenkörper und sein Helfersyndrom, auch wenn er mir damit derart auf die Nerven ging, daß ich auf ihn hätte einschlagen können, aber letztlich entspricht seine Ausrichtung durchaus männlicher Normalität. Was soll dagegen meine seltsame Anspannung und Verkrampftheit der letzten vierundzwanzig Stunden, die ist nicht normal. Sicher, ich bin der Hölle einer Todesangst entronnen. Und dann die Begegnung mit dieser todkranken Frau. Das hat mich umgeworfen, im wahrsten Sinn des Wortes. Jetzt liege ich da und weiß nicht, ob ich noch gerade Glieder habe, mich bewegen und gehen kann. Ewig kann ich doch nicht willenlos daliegen, so, als wäre ich nichts anderes als ein Baum oder Ast, der auf den Weg gefallen ist. Ich muß jetzt aufstehen.

Als Emil den Kopf hob, spürte er deutlich die abgeschundene, aufgerissene Wange, sie löste sich schmerzhaft aus den scharfkantigen Steinchen des Waldweges, die tief in seine Haut gedrungen waren. Bravo, dachte er, ich werde hübsch aussehen. Dann versuchte er, den Oberkörper aufzurichten. Die Wirbelsäule schien in Ordnung zu sein, aber das rechte Ellenbogengelenk war kaum zu gebrauchen, war wohl gebrochen, oder vielleicht nur verstaucht. Blut floß aus der Hand, mit der er gegen einen Dorn oder gegen eine Astspitze geraten war, er fühlte die warme Feuchtigkeit und leckte die Handfläche ab. Blutend, mich ableckend wie ein verletztes Tier hocke ich da, dachte Emil, statt irgendwo in heiterer Gesellschaft Grillwürstel zu verzehren und kalten Weißwein zu trinken. Was ist mit meinen Beinen los, ob die mich weitertragen können? Zurück zum Auto? Was mache ich, wenn nicht? Mein Handy befindet sich in meiner Hosentasche, wenn es nicht zertrümmert ist, könnte ich jemanden anrufen. Aber wen würde ich anrufen?

Emil sah die Sterne über sich, der Große Wagen war deutlich auszunehmen. Ja, wen würde er anrufen? Und ihm wurde plötzlich klar, daß er niemanden wußte, der ihm helfen könnte, genauso wie er niemanden gewußt hatte, der mit ihm hätte feiern können. Sicher, da gäbe es unzählige Telefonnummern, viele gespeichert, da gäbe es all die Bekannten, da gäbe es auch ohne Constanze noch einige andere mitfühlende Frauenherzen, die sein Anruf rühren würde, es gäbe Menschen, die er dazu bewegen könnte, hier heraufzusteigen, mitten in der Nacht, und ihm beizustehen, o ja. Aber bei allen wäre es ihm peinlich bis unangenehm, niemand fiel ihm ein, dessen Hilfe er gern und erleichtert annehmen würde. Lieber gleich den Rettungsdienst rufen, sachliche, mürrische Notärzte, die ihre berufliche Pflicht erfüllen würden. Nur ja keine Liebesdienste, die haben sich nachträglich immer gerächt.

Gerade als Emil versuchen wollte, auf die Beine zu kommen, schoß einige Meter vor ihm ein Tier über den Weg. Es brach aus dem Buschwerk, die Steine des Pfades klirrten, dann aufrauschendes Laub und brechendes Astwerk zur andern Seite hin, und kurz darauf herrschte wieder Stille. Emil war so erschrocken, daß er meinte, das Herz bliebe ihm stehen. Jetzt das! dachte er. Jetzt umkreisen mich wilde Tiere! Das war wohl ein Reh oder ein riesiger Rehbock, oder gar ein Wildschwein! Ich muß schauen, daß ich von diesem Berg hinunter und nach Hause komme.

Emil stützte sich mit dem unverletzten Arm ab, versuchte nicht auf den Schmerz in seiner Handfläche zu achten und begann, seine Beine zu bewegen. Der eine Knöchel schmerzte höllisch, aber die Knie schienen zu funktionieren. Er tastete über Schenkel und Waden und stellte fest, daß deren Muskulatur und Knochen soweit in Ordnung waren. Erst dann erhob er sich aus der knienden Stellung. Ächzend richtete er sich auf. Handfläche, Ellenbogen, Knöchel und nicht zuletzt sein Gesicht waren lädiert, so Emils Resümee, aber humpelnd könnte er sich fortbewegen. Das Hinderliche war nur die Finsternis. Ich darf auf keinen Fall nochmals stürzen, dachte Emil, was ich mir bisher angetan habe, reicht. Wo bleibt denn heute abend meine Elastizität und Geschicklichkeit, wie einen alten Sack hat es mich umgehauen, und ich konnte nichts dagegen tun. Beschämend ist das.

Nach einigen vorsichtigen Schritten, bei denen der Schmerz im Knöchel ihn aufstöhnen ließ, wäre Emil fast wieder gestolpert, er wußte nicht, ob über Steine oder Baumwurzeln, und nur mit äußerster Mühe konnte er sich aufrecht halten und einen neuerlichen Sturz vermeiden. So geht es nicht, dachte er, ich komme so nicht weiter, und auf gar keinen Fall bis zum Parkplatz, ich muß wohl bis zur Morgendämmerung hier ausharren. Oder ich rufe jemanden an, der mich mit einer Taschenlampe abholt. Aber wer wäre dieser Jemand? Sofort wieder dieselbe Frage. Noch vor zwei Tagen wäre es wohl Constanze gewesen, die nicht gezögert hätte, tapfer hier heraufzusteigen, mit mehreren Taschenlampen ausgerüstet, und vielleicht sogar mit einer Tragbahre samt Trägern, sie war in allem Perfektionistin. Aber lieber bleibe ich hier über Nacht, als diese letzten zwei Tage ungeschehen zu machen. Constanze ist Geschichte.

Emil ging in die Hocke und befühlte, was sich am Rand des Pfades befand. Ja, Gras. Trockenes Gras, zumindest ein schmaler Streifen davon. Er ließ sich vorsichtig darauf niedergleiten, und es fühlte sich recht gut an. Langsam streckte er die Beine aus, bemüht, den Knöchel sorgsam zu lagern. Auch für den kaputten Ellenbogen suchte er eine Ruhestellung. Seine Wange und seine Hand brannten höllisch, vielleicht bluteten sie sogar noch. Emil fühlte, wie müde er war, seine Erschöpfung erschien ihm beherrschender als die

Schmerzen. Er lehnte sich zurück, und sein Rükken fand Halt, hinter ihm gab es eine Erhebung, die nach trockener Erde roch. Auch seinen Kopf konnte er darauf betten, zu guter Letzt hatte er eine Art Lager gefunden, auf dem er vielleicht sogar ein wenig würde schlafen können. Wenn es hell wird, humple ich zum Auto, dachte Emil, die paar Stunden bis dahin werden sich aushalten lassen.

Als er still dalag, fühlte er wieder die Kühle, die aus den nächtlichen Wäldern drang. Gerne hätte er sein Sakko zugeknöpft, aber da er weder den verletzten Arm noch die Hand bewegen wollte, ließ er es sein. Er schaute zum Himmel hoch und sah wieder Sterne und dunkles Astwerk. Ich bin ein Vollidiot, dachte Emil, was ich heute hier aufführe, das glaubt mir keiner. In so eine Situation, in so eine Verfassung zu geraten, entspricht mir nicht. Immer habe ich möglichst durchdacht gehandelt, kaum etwas ist mir je passiert. Nie war ich so aus dem Gleichgewicht. Ich hasse es, aus dem Gleichgewicht zu sein, höchste Zeit, daß ich mich wieder einpendle. Hoffentlich sind meine Verletzungen nicht arg, das Pochen auf meiner Wange und in der Handfläche jedenfalls gibt allen Grund zur Besorgnis, es tut scheußlich weh. Marie Liebner würde lachen, wenn sie mich hier sähe, trotz ihrer eigenen Not würde sie lachen müssen, ich sehe ihr Gesicht vor mir, das so hübsch wird, wenn sie lacht.

Emil schloß die Augen und versuchte, der Müdigkeit nachzugeben und einzuschlafen. Er nahm noch wahr, daß ein sanfter Windstoß wie eine Welle näherkam und Wälder und Buschwerk aufrauschen ließ, dann glitt er davon. Die Ufer des Wachseins verloren sich, der Schlaf begann ihn aufzunehmen.

Bis plötzlich eine sich wiederholende, schrille Tonfolge die Stille zerriß. Emil schrak auf. Es währte eine Weile, bis er seine Schlaftrunkenheit abwerfen konnte und ihm klar wurde, daß es sein Handy war, das in seiner Hosentasche läutete. Also ist es nicht kaputtgegangen, war sein erster Gedanke. Dann begann er zu überlegen, wie er das Gerät aus der Hose holen könnte. Vorsichtig versuchte er das Ellenbogengelenk zu bewegen, und er stellte dabei fest, daß es weniger schmerzte als zuvor. Also ist es nicht gebrochen, dachte Emil mit Erleichterung, während er langsam das Handy aus der Hosentasche zog. Ohne hinzusehen drückte er auf die Sprechtaste. Als er die Hand jedoch zum Ohr hob, entfuhr ihm ein Schmerzenslaut, das Abwinkeln des Armes tat nach wie vor weh.

»Warum stöhnst du, wenn ich dich anrufe?« schrie eine fröhliche Frauenstimme.

»Bitte?«

Emil konnte nicht sofort erkennen, wem diese Stimme gehörte, mußte sie doch gegen das Lärmen und Kreischen einer sie umgebenden und offensichtlich angeheiterten Menschenrunde ankämpfen.

»He, Emil, ich bin's, Angie! Wir warten auf dich, wo bleibst du? Das Szegediner Gulasch ist schon weggeputzt und wär' so gut gewesen, es hätte dir unheimlich geschmeckt, glaub mir!«

»Schade«, sagte Emil.

»Was ist los, warum kommst du nicht?«

»Ich bin erkältet«, sagte Emil.

»So plötzlich? Du hast doch dem Werner am Nachmittag noch ganz munter zugesagt! Er hat fest mit dir gerechnet!«

»Tut mir leid«, sagte Emil.

»Außerdem ist jemand hier, der dich gern getroffen hätte, um einiges zu klären.«

»Wer?« fragte Emil. Sicher Constanze, dachte er.

»Wer? Constanze natürlich! Das mit euch beiden ist doch nicht ernst zu nehmen, sie hat's mir erzählt! Blaß ist sie, aber wunderschön wie eh und je. Emil! Sei kein Trottel, so eine Frau findest du nie wieder!«

Wußte ich's doch, dachte Emil, wie gut, daß ich nicht dort bin, sondern hier am Ende der Welt die Nacht verbringen muß. Die grelle Frauenstimme, das Lärmen an seinem Ohr wurden ihm unerträglich.

»Nicht böse sein«, sagte er, »aber mir geht es nicht gut. Schönen Abend noch.«

Und er drückte auf die Aus-Taste.

Herrlich, diese Stille, dachte Emil.

Vorsichtig bettete er seinen Arm wieder in das Gras zurück, seine Finger hielten weiterhin das Handy umschlossen. Ich könnte also jemanden anrufen, dachte er, das Gerät funktioniert und meine linke Hand auch. Ich könnte jemanden bitten, mich von hier wegzuholen. Aber warum eigentlich? Ich liege im Moment recht bequem hier am Wegrand, es ist still, es ist nicht sehr kalt, und ich muß mit keiner Menschenseele etwas bereden, worüber ich nicht reden will.

Die Sterne standen klar im Nachthimmel, erstaunlich klar für hierzulande, dachte Emil, nämlich fast so klar wie sonst nur im Süden. Oder gar der afrikanische Sternenhimmel, der schien ja beinahe auf die Erde herunterzufallen, so groß und leuchtend hing er über einem. Leider hatte ich in den Kenia-Nächten zuviel mit dieser anstrengenden Kurzzeitgeliebten zu tun gehabt, ich hätte mehr in die Sterne schauen sollen, statt mit ihr herumzubalgen. Eigentlich möchte ich wieder einmal nach Afrika reisen, ich war nur dieses eine verpatzte Mal dort.

Emil schloß die Augen, er war wieder schläfrig geworden. Es gibt einiges, das mich interessieren würde und um das ich mich trotzdem nicht kümmere, warum eigentlich, dachte er. Vielleicht sollte ich ernster nehmen, was mir gefällt, und nicht nur das für wichtig halten, was sein muß. Marie hätte mich vielleicht interessiert, dachte er noch, und sie hätte mir auch gefallen. Er glitt in den Schlaf, und seine Überlegungen lösten sich auf. Jemand breitete die Arme aus, weit, und versuchte Marie Liebners Gesicht aufzufangen, das auf ihn zugeweht wurde, durchsichtig wie ein Blatt Seidenpapier, das der Wind über die Straße fegt.

Es waren Vogelstimmen, die Emil weckten, frühe, zarte Laute erwachender Vögel. Das sanfte Gezwitscher geriet immer deutlicher in seine Wahrnehmung, so lange, bis er bereit war, dem Wachsein zu begegnen und die Augen aufzuschlagen. Er schaute in das stille, noch dunkle Geäst des Laubwaldes und in einen fahlen Morgenhimmel hinauf. Das erste Licht ließ ihn zwar seine Umgebung erkennen, aber die Helligkeit schien nur ein schwacher Vorbote des Sonnenaufgangs zu sein, es war noch nicht wirklich Tag.

Emil zögerte sich aufzurichten. Er hatte erstaunlich tief geschlafen, auf nichts anderem als einer schmalen Grasnarbe und einem Erdhang. Und er lag noch genauso da, wie er eingeschlafen war, das Handy von seiner linken Hand umklammert, beide Arme neben den Körper gebettet, die Beine ausgestreckt.

Der noch farblose Himmel war wolkenlos und versprach einen schönen Spätsommertag. Auch warm würde es werden, da die Nacht Emil nicht wirklich hatte frieren lassen. Was jetzt einen leisen Schauer durch seinen Körper jagte, war der unausweichliche Entschluß, seine verletzten Gliedmaßen zu bewegen und sich aufzurichten. Emil seufzte. Er hob vorerst nur den Kopf, um an sich herabzusehen. Die rechte Hand war blutverkrustet, sein Anzug dreckig, der linke Jackenärmel und die Hose an den Knien aufgerissen. Die Gesichtshaut spannte, vor allem an der einen Wange. Gut, daß ich mich jetzt noch nicht ansehen muß, dachte Emil.

Als er seinen verletzten Knöchel vorsichtig bewegte, konnte er einen Aufschrei nicht verhindern. Er legte seinen Kopf rasch wieder in das Erdreich zurück, als müsse er Schutz suchen. Dann begann er zu überlegen. Wenn ich es überhaupt bis zum Auto schaffe, was mache ich dann mit mir? Ob ich auch fahren kann, mit dem Knöchel? Und wohin fahre ich? Gleich ins Unfallspital? Oder lege ich mich erst einmal zu Hause ins Bett und rufe einen Arzt? Nein, gleich ins Spital. Wenn ich nicht chauffieren kann, muß ich sowieso die Rettung rufen.

Emil hob mit Überwindung seinen rechten Arm und starrte auf die Handfläche. Sie war förmlich durchbohrt worden. Aus der verkrusteten Wunde sickerte wieder ein wenig Blut und vermischte sich mit Staub und Dreck. Wogegen bin ich denn da geraten? dachte Emil. Keine Ahnung, was das wohl gewesen sein könnte.

Die Vögel zwitscherten lebhafter und begannen durch das Geäst zu schwirren. Noch gehört dieser Pfad, dieser Hügel ihnen, dachte Emil, noch lange steigt hier kein Mensch hoch. Noch herrscht nur Landschaft und ist sie selbst. Ich würde das alles als schön empfinden, wenn ich nicht so übel zugerichtet wäre. Man sollte sich öfter freiwillig und in gutem Zustand auf diese Weise der Natur aussetzen.

Der Horizont hinter den Waldungen färbte sich bereits rosa, und Emil fand, er müsse sich jetzt endgültig aufraffen, egal, was daraus würde. Nochmals hob er den Kopf und stützte sich mit dem unverletzten rechten Ellenbogen seitlich ab.

Da hörte er wieder ein Tier. Es mußte ein größeres Tier sein, langsam kam es den Pfad aufwärts, die Steine knirschten. Ein Hirsch? dachte Emil. Klingt so ein Hirsch, wenn er langsam geht? Aber welcher Hirsch benützt einen Wanderpfad, um hügelaufwärts zu streifen?

Emils Herz klopfte, als er zur Wegbiegung hinunterstarrte. Ich habe Angst, dachte er, schlicht und einfach Angst, mit Wild kenne ich mich nicht aus.

Die Schritte des Tieres näherten sich, gleich würde es auftauchen. Aber kurz vor der Biegung hielt es plötzlich an, Stille herrschte. Würde es jetzt endlich den Pfad verlassen? Oder war es bereits verschwunden? Emil lauschte angestrengt, er hielt den Atem an, die Luft um ihn her schien zu vibrieren. Dann hörte er wieder einen Schritt, noch einen, ein Abgleiten und Schleifen im Geröll, das Gegeneinanderschlagen von Steinen.

»Bravo, du kannst ja nicht einmal mehr ordentlich gehen«, sagte ein durchaus menschliches Wesen laut vor sich hin. Das gibt es nicht, dachte Emil. Daß ich jetzt diese Stimme gehört habe, gibt es nicht.

Marie Liebner kam um die Biegung und schritt langsam den Pfad herauf. Sie hatte die Augen gesenkt, schien völlig darauf konzentriert zu sein, einen Fuß vor den anderen zu setzen. Emil hatte seinen Oberkörper aufgerichtet, er saß am Wegrand und schaute Marie wortlos entgegen. Wenige Meter vor ihm hob sie den Blick. Sie blieb stehen und starrte ihn an.

»Emil«, sagte sie nur.

»Was machen Sie denn hier?« fragte Emil.

»Und was machen Sie hier?« fragte sie zurück.

»Wir zwei scheinen auf diese Frage abonniert zu sein«, sagte Emil.

»Sie sehen fürchterlich aus«, sagte Marie Liebner, »was ist denn mit Ihrem Gesicht passiert?«

»Das dachte ich mir, daß es fürchterlich aussieht. Ich bin gestürzt und mit der Wange über die Steine radiert.«

»Sie sind gestürzt?«

»Warum sollte ich nicht stürzen?«

»Weil Sie einen sportlichen, durchtrainierten Körper haben.«

»Woher wollen Sie das wissen?«

»Man sieht es.«

»Ach ja?« sagte Emil.

Marie errötete.

Ich gerate schon wieder in stereotype Verhaltensmuster und flirte herum, dachte er, sogar in dieser Situation.

»Es war schon dunkel und ich habe nicht aufgepaßt«, sagte er.

»Und was tun Sie jetzt am Morgen noch hier?«

»Ich konnte mit meinen Verletzungen nicht weiter und habe genau an der Stelle, wo ich jetzt sitze, die Nacht verbracht.«

»Sie sind verletzt?«

Jetzt stieg Marie die letzten Meter zu ihm hoch und setzte sich neben ihn auf die Grasböschung. Sie atmete schwer, die wenigen eiligeren Schritte schienen sie angestrengt zu haben.

»Wo sind Sie verletzt?«

»Ach was«, sagte Emil, »nichts Arges, der Knöchel, hier – das Armgelenk rechts – und da, die Hand.«

Als er ihr seine Handfläche zeigte, schauderte Marie mit einem leisen Schreckenslaut zurück.

»Wie Christus«, sagte sie. »Wer wollte Sie festnageln?«

»Tja, wenn ich das wüßte!« sagte Emil.

Sie sahen einander an und begannen zu lächeln.

Der Himmel wurde allmählich vom Leuchten des nahenden Sonnenaufgangs erfüllt und strahlte Gold aus. Marie sieht gar nicht so schlecht aus, dachte Emil, aber vielleicht macht das nur dieses goldene Licht. Und ihr Lächeln. Aber warum geht sie vor Sonnenaufgang hier wandern, wie schafft sie das in ihrem Zustand? Oder hat sie mir etwas vorgemacht? Ist doch alles möglich bei den Frauen. Emil hörte abrupt auf zu lächeln.

»Hatten Sie gestern Ihre Chemo?«

Seine Frage klang streng, er hörte es selbst.

»Ja«, sagte Marie.

»Und?«

Marie sah ihn überrascht an.

»Warum fragen Sie mich so danach, als müßte ich Ihnen etwas beweisen?« sagte sie. »Sie klingen plötzlich streng wie ein Schullehrer, warum?«

»Weil ich mich über Ihren Ausflug wundere.«

»Meinen Ausflug?«

»Na ja, dieses im Frühtau zu Berge wir ziehn, vallera. Daß Sie nach einer Chemotherapie so putzmunter sind und eine Morgenwanderung machen können.«

Marie Liebner schwieg. Sie legte ihr Gesicht auf ihre angezogenen Knie, als wolle sie es verbergen. Als wolle sie sich zur Gänze in sich selbst verbergen. Gekrümmt wie ein Embryo saß sie neben Emil. Was ist das jetzt, dachte er.

»Was ist?« fragte Emil.

Marie Liebner rührte sich nicht.

»Bitte, Marie«, sagte Emil, »sagen Sie mir, was mit Ihnen los ist. Habe ich Sie mit meiner Frage beleidigt? Das wollte ich nicht, ich kenne mich nur nicht aus.«

»Womit kennen Sie sich nicht aus?« murmelte Marie Liebner, ohne den Kopf zu heben.

»Mit den Frauen.«

Warum sage ich das? dachte Emil.

Marie richtete sich auf.

»Mit den Frauen?«

»Ich dachte, Sie hätten mich vielleicht angelogen.«

»Leider nein.«

»Ich kenne mich aber auch mit Chemotherapien nicht aus.«

»Ihr Glück.«

»Erzählen Sie mir also davon? Wie es gestern war? Wie Sie sich jetzt fühlen?«

Obwohl das Licht auf unseren Gesichtern zu einem satten, rötlichen Leuchten geworden ist, kann ich jetzt deutlich erkennen, daß Marie abgekämpft aussieht, dachte Emil. Diese trügerische Farbe kann es nicht verschleiern, ja, elend sieht sie aus. Und ich hatte nichts Eiligeres zu tun, als sie zu verdächtigen, mir etwas vorgespielt zu haben. Wie das Mißtrauen in einem festsitzt, wenn es sich einmal eingenistet hat. Kein Wunder, daß sie jetzt schweigt und mir nichts erzählen will.

»Sagen Sie mir trotz meiner Taktlosigkeit, wie es Ihnen geht, Marie?« fragte er.

»Sie waren nicht taktlos«, antwortete sie, »nur mißtrauisch. Aber verdammt mißtrauisch. Da hätte einiges mehr an schauspielerischem Können dazugehört als ich besitze, um Ihnen diesen ganzen Abend vorgestern, mit all meinem Elend eben, nur vorzuspielen. Und warum hätte ich so etwas tun sollen, frage ich mich.«

»Fragen Sie sich nicht«, sagte Emil, »ich war ein Idiot.«

»Das bestreite ich nicht. Aber woraus resultieren derart rasche, völlig abstruse Annahmen? Das würde mich schon interessieren.«

»Aus vielen schlechten Erfahrungen.«

»Hat man Sie denn so oft derart belogen?«

»Belogen hat man mich, das genügt.«

»Aber werden wir nicht alle irgendwann belogen?«

»Und werden wir nicht alle irgendwann zutiefst mißtrauisch?«

»Nein, nicht alle.«

»Sie nicht?«

»O doch, ich schon.«

»Na bitte.«

Das konnte Emil noch ruhig und abschließend sagen, aber gleich darauf preßte Marie Liebner ihre Hand auf den Mund, stieß einen zurückgedrängten Laut aus, rappelte sich mühsam hoch und stürzte davon. Sie überquerte schlitternd den steinigen Pfad und verschwand eilig im gegenüberliegenden Buschwerk. Emil hörte Äste und Laub gegeneinander schlagen, aber auch Maries Stolpern und Keuchen, hörte, wie beides sich entfernte. Trotzdem vernahm er, wie sie sich übergeben mußte. Da rennt sie davon, kotzt in den Wald, und will es diskret tun, diese arme Frau, dachte Emil, und er schämte sich so tief, daß es ihm weh tat. Ja, Rob hatte recht, dachte er, ich bin ein Scheißkerl.

Es war wieder still geworden, Maries Erbrechen schien ein Ende gefunden zu haben. Ich sollte ihr irgendwie beistehen, dachte Emil, vielleicht ist sie dort im Wald zusammengebrochen. Er versuchte aufzustehen, konnte aber einen Aufschrei nicht unterdrücken, als er den verletzten Knöchel belastete. Wie vom Blitz getroffen sank er auf den Grasflecken zurück.

»Marie!!« schrie er.

Stille.

»Marie! Was ist mit Ihnen?«

Sie trat aus den Büschen auf den Weg heraus. Ihr Gesicht war weiß, die Schultern leicht gebeugt, groß und erschöpft blickten ihre Augen ihn an, heller das Grau denn je.

»Entschuldigen Sie, Emil«, sagte sie, »weiter wegrennen konnte ich nicht, sicher mußten Sie mein Gekotze mit anhören, tut mir leid.«

»Es war weit weg«, sagte er, »wäre aber nicht nötig gewesen, da das Leben sowieso zum Kotzen ist.«

»Sagen Sie das nicht, Emil.«

Sie kam mit vorsichtigen Schritten auf ihn zu und setzte sich wieder zu ihm ins Gras. Schulter an Schulter saßen sie nebeneinander.

»Sie haben zwar ein gebrochenes Bein, wie es scheint, ein zerschundenes Gesicht und eine durchbohrte Hand, aber vergessen Sie bitte das Wunder – Ihr Wunder – nicht!«

»Entschuldigen Sie, Marie«, sagte Emil, »schon wieder war ich taktlos.«

Er starrte vor sich hin.

»Nein«, sagte Marie Liebner, »schon wieder waren Sie es nicht. Ich meinte ja nicht, daß Sie wegen mir an Ihr Glück denken sollten, sondern nur zu Ihrem eigenen Besten.«

»Schon nach zwei Tagen denke ich kaum noch daran«, sagte Emil, »und hatte doch vor, alles in meinem Erdenleben von nun an neu zu betrachten. Was sind wir Menschen doch nur für eine vertrackte Spezies. Wenn uns Gutes geschieht, nehmen wir es als Selbstverständlichkeit, aber wehe, man tut uns etwas an, dann fühlen wir uns sofort ungerecht verfolgt.«

»Ja, ich fühle mich so«, sagte Marie. »Ich glaube, daß man mir etwas angetan hat. Und ich fühle mich ungerecht verfolgt.«

Emil sah zu ihr hinüber.

Das geneigte Profil, die silberblonde Haarwelle auf ihrem Rücken, diesmal von einer Hornspange zusammengefaßt, ihre Hände im Schoß gefaltet, die weite Hose, die Turnschuhe, ein Pullover, grau wie ihre Augen, alles, ihr Körper, die gesenkten Lider, diese Haltung einer schonungslosen Ergebenheit, jeder Widerstand im physischen Leid gebrochen, er sah zu ihr hinüber, sah sie an, und es überschwemmte ihn. Das dürfte Mitgefühl sein, dachte er, das, was ich da so stark fühle. Es ist Schmerz, auch. Aber vor allem eine Woge, die über einen kommt, ob man will oder nicht. Ich will nicht, aber ich muß.

Ohne sie mit seiner blutverschmierten Hand zu berühren, legte Emil den Arm um ihre Schulter, drückte Marie sanft zu sich her und lehnte seine Schläfe gegen die ihre. Sie wehrte sich nicht und ließ es geschehen.

»Der gestrige Tag war schrecklich«, sagte sie. »Nicht die Prozedur am Morgen, in der Tagesklinik, da lag ich auf einem Bett und bekam Infusionen, fast bin ich eingeschlafen dabei. Ich solle per Taxi nach Hause, sagte man mir, nicht Autofahren und nichts unternehmen. Ob jemand da sei, der nach mir sähe? Ich sagte ja. Schon das Hinaufklettern in meine Wohnung war schwer. Und dann ging es bald los, ständig mußte ich ins Bad, mir war sehr übel, und ich hatte – nun gut, ich hatte alles, was man nicht gern hat. Bis spätnachts ging das so, dann wurde mir ein wenig besser. Ich schlief sogar eine Weile. Als es hell wurde, hielt ich es in der kleinen Wohnung nicht mehr aus, sie bedrängte mich. Ich nahm ein Taxi und fuhr hierher, ich wollte den Weg gehen, auf dem ich so oft unterwegs bin, und ich war sicher, so früh am Morgen keiner Menschenseele zu begegnen. Und jetzt sitze ich hier neben Ihnen.«

Marie Liebner hatte leise und schnell gesprochen, ohne innezuhalten. Und ohne sich von Emil zu lösen. Eng aneinandergelehnt saßen sie auf der Grasböschung, während über den Wäldern vor ihnen die Sonne aufging. Emil fühlte Maries Schultern schmal und erhitzt unter seinem Arm, auch aus ihrer Schläfe, ihrem Haar drang fiebrige Hitze. Sicher hat sie erhöhte Temperatur, dachte Emil. Sie sahen beide in den erwachenden Sonnenglanz, die Vögel schwirrten durch das Geäst, ein wolkenloser Spätsommerhimmel begann sich tiefblau zu wölben.

»Es ist schön auf Erden«, sagte Marie.

»Ja, es kann recht schön sein«, sagte Emil, »aber auch beschissen.«

Marie lachte auf.

»Klar, wenn man mich neben sich hat.«

»Ich bin wirklich ein Elefant im Porzellanladen, jedes Wort, das ich sage, ist –«

»– ist okay«, unterbrach ihn Marie, »geben Sie sich bitte keine Mühe, mit Ihren Worten auf mich und meine Situation zu achten, reden Sie einfach drauflos, bitte. Nicht vorsichtig wie zu einer Kranken, sondern unbesorgt, wie zu einer, die noch am Leben ist.«

Emil antwortete nicht. Wieder saßen sie schweigend da, und vor ihnen erhob sich die Sonne langsam aus den Waldbäumen. Was tue ich hier eigentlich? dachte Emil. Ich habe eine todkranke Frau im Arm und bin selbst so lädiert, daß ich nicht einmal aufstehen kann. Ich sollte endlich in ein Spital, mich verarzten lassen, sollte in der Firma anrufen, daß ich heute nicht kommen kann. Da sitze ich und schaue mit Marie in den Sonnenaufgang, unsere Köpfe lehnen aneinander, und ich habe keine Ahnung, was ich hier eigentlich tue. Ihr Körper glüht, und ich fühle, wie ihre Schläfe pocht.

»Haben Sie Fieber?« fragte Emil.

»Kann sein«, sagte Marie, »ich glaube, ich habe im Moment alles, was man haben kann, um sich nicht gut zu fühlen.«

»Und es geht weiter mit den Chemotherapien?«

»Ja«, sagte sie.

»Und anschließend sind Sie immer allein zu Hause?«

»Ich denke schon.«

»Aber Ihre Agentin? Oder dieser Freund von

früher? Können die nicht kommen? Oder – ja, Luzia König zum Beispiel, die ist doch Ihre Freundin?«

»Um Gottes willen«, sagte Marie. »Nein, nein, ich bin lieber alleine und jammere vor mich hin. Lassen Sie's gut sein, Emil, und machen Sie sich nicht meine Gedanken, ich bitte Sie herzlich darum.«

»Ich mache mir meine Gedanken.«

»Das ist lieb, aber Sie sollten jetzt besser darüber nachdenken, wie Sie von hier wegkommen. Sie konnten vorhin nicht aufstehen.«

»Das stimmt. Ich sollte es nochmals versuchen.«

Emil löste sich und richtete seinen Oberkörper auf. Er fühlte, daß sein Haar dort, wo es das ihre berührt und sich mit dem ihren vermischt hatte, ein wenig feucht geworden war. Marie sah es und wurde rot.

»Tut mir leid«, sagte sie.

»Auch darauf, daß Sie ›Tut mir leid‹ sagen, scheinen wir beide abonniert zu sein«, sagte Emil.

»Sage ich das so oft?«

»Sie haben es vor allem hier auf diesem Pfad gesagt, als ich fast in Sie hineingerannt wäre. Es waren die ersten drei Worte, die ich aus Ihrem Mund gehört habe.«

»Genau«, sagte sie, »das war hier auf diesem Weg. Vor drei, vier Tagen erst! Ich war in Gedanken und habe nicht aufgepaßt.«

»Jetzt verstehe ich auch, warum. Damals hatte ich ähnliche Gedanken und habe ebenfalls nicht aufgepaßt.«

»War das nicht ungefähr an dieser Stelle, wo ich Sie schlafend gefunden habe? Fast am Weg liegend, regungslos, und ich Sie aufgeweckt habe?«

Emil lachte.

»Sind Sie tot? haben Sie mich gefragt.«

»Wirklich?«

»O ja.«

»Tut mir leid – muß ich da gleich wieder sagen. Ich war wohl nicht ganz bei Trost.«

»Sie waren völlig bei Trost, und scharf und klar wie ein Messer. Ich war derjenige, der sich blöde benommen hat.« Emil betrachtete Marie, die lächelnd vor sich hinsah und das Bild dieser Erinnerung vor Augen zu haben schien.

»Sie sehen, wir beide blicken bereits auf ein Stück gemeinsamer Vergangenheit zurück«, sagte er dann.

Da wandte Marie den Kopf und schaute ihn an.

Warum habe ich das jetzt gesagt? dachte Emil. Warum suche ich Gemeinsamkeiten, warum habe ich diesen Blick provoziert? Dieser Blick enthält

Fragen und Erwartungen, leises Staunen und leise Bejahung, er ist einer dieser Frauenblicke, vor denen mir schaudert.

»Es war weiter unten, näher dem Parkplatz, glaube ich«, sagte er, »ich meine, der Platz, wo ich eingeschlafen bin und Sie mich gefunden haben.«

Marie wandte ihren Kopf wieder ab.

»Ich habe Sie nicht gefunden«, sagte sie, »Sie lagen nur an meinem Weg.«

Erika Pluhar
PaarWeise
Geschichten und Betrachtungen zur Zweisamkeit

… ein ganzes Buch voll berührender Erzählungen, in denen sich nicht nur Leben und Lebenserfahrung einer Ausnahmefrau widerspiegeln, sondern auch das feine Gefühl einer Autorin, die ihre Leser ins Herz zu treffen weiß.

Woman

Erika Pluhar greift ihre Erzählungen aus dem Leben. Sie folgt darin Goethes Gedanken vom poetischen Gehalt, der „Gehalt des eigenen Lebens“ und „etwas Erlebtes“ sein müsse. (…) Eines ihrer Erfolgsgeheimnisse ist darin wohl die Authentizität ihres Schreibens, das den Rhythmus der Musik, der Bühne, des Leben selbst atmet. So banal das Leben auch schreiben mag, Platitüden liegen Erika Pluhar fern.

Salzburger Nachrichten

autor**in**residenz

Zdenka Becker
Die Töchter der Róza Bukovská
Roman

Schon auf den ersten Seiten tummeln sich in schwindelerregend hoher Anzahl die Namen der Menschen, die rund um „Die Töchter der Róza Bukovská" eine Rolle spielen. Die hohe Kunst von Zdenka Becker: Es wird einem nicht schwindelig. Man muss beim Lesen keinen Stammbaum kritzeln, damit man den Faden nicht verliert. Der Faden ist so stark, dass man ihn nicht abreißen lassen will, das Buch am liebsten in einem Zug verschlingt.
Kurier

Becker schreibt mit Liebe zu ihren Figuren, sie hat ein Gespür für Stoffe, und es gelingen ihr schöne, fast lakonische Sätze. Die Geschichten sind rundum gelungen, sie berühren und verblüffen ...
Die Presse

Mit sicherem Blick für Menschen weiß die Autorin lebendig zu charakterisieren.
Neues Volksblatt

... bunte, lebendige Familiensaga ...
Wiener Zeitung

autorinresidenz

Hannelore Valencak
Das Fenster zum Sommer
Roman

Eine Wiederentdeckung, die es lohnt – und die vielleicht dazu führen wird, dass man die Schriftstellerin Hannelore Valencak dereinst an die Seite ihrer Landsmännin Marlen Haushofers stellen wird, deren Erzählkunst der ihren durchaus ähnelt und deren Ruhm bekanntlich auch erst verkündet wurde, als er schon ein Nachruhm war.

NZZ

Ein Glücksfall für die Leser: Hannelore Valencaks Roman „Das Fenster zum Sommer“ ist wieder aufgelegt worden.

Der Standard

Sprachlich verzaubernd; trotz aller Brüchigkeit im Text dreht die Autorin Kurven in Zeit und Handlung, die so nur eine gelernte Physikerin konstruieren kann.

Kurier

Evelyn Grill
Der Sammler
Roman

„Der Sammler" eignet sich gut als Einstiegsdroge in das Werk dieser zartbitterbösen Autorin.
FAZ

Grill widmet sich in ihren Romanen und Erzählungen vorzugsweise den abstruseren Seiten menschlicher Existenz, spürt genüsslich bizarren Neigungen und abseitigen Passionen nach. [...] Evelyn Grill erzählt mit Ironie und einem ausgeprägten Sinn für das Groteske, aber auch mit zu viel Milde im Spott.
Der Spiegel

Mit bösem Humor und grossem Tempo zeigt „Der Sammler", wie der Stoffwechsel der Gesellschaft funktioniert und wie auch Geschichte und Geschichten zum Stoff werden.
NZZ

Schon mit ihrem Buch „Vanitas oder Hofstätters Begierden" (2005) hat sich Evelyn Grill in die vorderen Reihen deutschsprachiger Prosaisten geschrieben. „Der Sammler" festigt diesen Ruf und übertrifft ihn. Denn ihr ist nicht mehr und nicht weniger als ein kleines Meisterwerk gelungen.
Die Welt

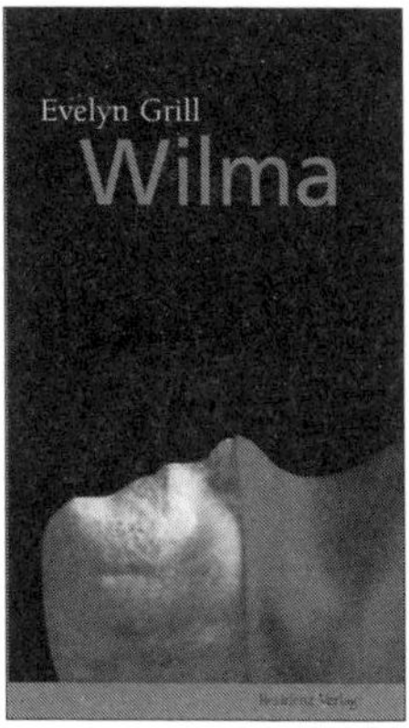

Evelyn Grill
Wilma

Der lapidare, sachliche Tonfall erinnert manchmal an die alten isländischen Sagas und führt zu einer reinen, unbedingten Prosa. Einerseits passen die mageren Sätze zum verhuschten, nervösen Wesen der Titelfigur, andererseits stehen sie im provozierenden Kontrast zu Wilmas immensen Umfang (…) Mit ihrem disziplinierten Stil folgt die Autorin unbeirrt dem Weg ihrer Erzählung und berichtet uns von den Schicksalen ihrer beiden Frauenfiguren. Eines der eindrucksvollsten Bücher dieser Saison.

Deutschlandradio

… beeindruckende Provinzerzählung … Mit ihrem gestrengen Stil folgt die Autorin unbeirrt dem Weg ihrer Erzählung und berichtet uns von den im Grunde vorgezeichneten Schicksalen dieser beiden Frauenfiguren. Man liest von ihnen entsetzt und gebannt.

NZZ

autor**in**residenz